逢魔

唯川恵

新潮社

逢魔 目次

装画　新井由木子
装幀　新潮社装幀室

逢魔

朱夏は濡れゆく

牡丹燈籠

朝日と呼ぶには熟れすぎた陽が、格子戸の隙間から差し込んでいる。

新三郎《しんざぶろう》は薄く目をあけた。

まだ昨夜の酔いが残っていて、傍《かたわ》らに眠る女の甘ったるい白粉のにおいが鼻につく。

指先の棘のような倦厭《けんえん》につつまれながら、新三郎は床の中で腹ばいになり、煙管に火を点けた。

「あら、新さま、もう起きたの？」

女が身体を摺り寄せてくる。

「ああ」

いつも思う。朝に見る色町の女の顔ほど憂鬱なものはない。

「帰るとするか」

新三郎は煙草盆に煙管を打ち付け、床から起き上がった。

「今度はいつ？」

着物に手を通す新三郎に、女がおもねるような眼差しを向ける。

「そのうちにな」

「そんな冷たいことを言わずに、近いうちに来てちょうだいな。あたし、いつも新さまのことばかり思ってるんだから」

「わかった、わかった」

さらりと答えて、新三郎は廊下に出た。

階段を下りて行くと、奥の部屋から、縞ものをゆるく着た遣手婆が飛んで来た。

「まあまあ、ありがとうございました。またお出かけくださいまし」

愛想のいい顔ではあるが、前歯が一本欠けている。ますます憂鬱になりながら外に出ると、浅春《せんしゅん》の日差しが思いの外まぶしくて、新三郎は手をかざした。

「ああ、退屈だ」

そんな言葉を口にするつもりはなかった。しかし、それはまさに新三郎の気持ちを言い当てていた。何もかもが退屈で、何もかもが物憂い。

酒を呑むのも、女を抱くのも、生きていることさえも――。


亡き親から清水谷《しみずだに》の田畑や貸し長屋を受け継いだ萩原《はぎわら》新三郎は、浪人といえども、裕福に暮らせる二十一歳の若侍である。子供の頃は剣術や学問に勤《いそ》しんだ時期もあったが、流行り病で立て続けに父と母とを亡くしてから、仕官の口を探すわけでもなく、昼日中は家でごろごろし、夕刻には酒を呑みに出掛け、酔いに任せて色町に足を向けるといった、放蕩の毎日を送っていた。

家に戻り、縁側に座って七分咲きの梅を漠々と眺めていると、伴蔵《ともぞう》とおみねが顔を出した。

「旦那さま、そんなところにいらっしゃると、風邪をひいちまいますよ」

「すぐに、膳の用意をいたしますので」

ふたりは三十代半ばの夫婦者で、新三郎の身の回りの世話で生計を立てている。

飯と味噌汁、伴蔵が釣った川魚の甘露煮の膳をたいらげたあと「ひと寝入りするか」と、新三郎は座布団を枕にごろりと横になった。

「あらあら、まあまあ」

おみねが慌てて布団を取り出している。未《ひつじ》の刻には、山本志丈《やまもとしじょう》がやってくる。また今夜も、どこぞの店で酒を呑み、色町に繰り出すことになるだろう。

「相変わらず、退屈そうな顔をしているな」

縄暖簾の中、志丈が板の間で片膝を立て、どぜう鍋をつつきながら言った。

「余計なお世話だ」

新三郎は杯を口に運ぶ。

「まあ、それはおれも同じだがな」

志丈は漢方を扱う古方家《こほうか》との肩書きはあるが、結局のところは口八丁手八丁でうまく世渡りしている藪医者である。

「どうだ、退屈しのぎに、別嬪の娘をちょいと見物に行かないか」

新三郎は目を向けた。

「おまえの別嬪は当てにならないからな。この間の茶屋女も大年増だったじゃないか」

「いやいや、今度は本物だ。おれが懇意にしている飯島平左衛門《いいじまへいざえもん》って旗本の娘で、名は露《つゆ》と言う。年は数えで十六、これがすこぶる器量よしなんだ」

「旗本の娘なんかと、やすやすと会えるもんか」

「それが好都合に、父上の後添いを狙っている妾《めかけ》と折り合いが悪くてな、柳島の別邸に乳母とふたりで暮らしてる。なあ、行こうぜ。金さえ出しゃ足を開く女も飽きただろ。たまには趣向を変えようや」

めずらしく、志丈は食い下がった。

「何だ、おまえが狙ってるのか」

言うと、志丈はおどけたようにからからと笑った。

「実はそれとなく粉をかけてみたんだが、悔しいことにまったく相手にされなかった。身持ちが固いのなんのって、手も足も出ない。まあ、色町ではいい男と評判のお前も、さすがに無理だろうとは思うが、試しにどうかと考えたのさ。だいたいお前、まだ生娘を味わったことはないんだろう」

「おれはしょんべん臭い女はまっぴらなんだ」

新三郎は意気がって答えた。

「負け惜しみに聞こえるね」

「女郎《じょろう》も生娘も、おれの手にかかれば、女なんてどれも一緒さ」

志丈がにやけた顔をした。

「だったら、口説いてみせろよ。おれは袖にされる方に二朱賭ける」

「ようし、やってやろうじゃないか」

売り言葉に買い言葉で、新三郎は志丈と連れ立って縄暖簾を後にした。


柳島の別邸は横川のたもとに建っていた。割竹と棕櫚縄《しゅろなわ》の建仁寺垣に囲まれた、品のいい佇《たたず》まいである。

「ご免下さいませ。どなたかおいでになられませんか」

志丈の呼びかけに、しばらくして庭の切り戸から四十半ばの女が姿を現した。

「まあ、これはこれは志丈先生ではありませんか」

「お米《よね》さん、しばらくでした。今日は天気もよろしいので亀戸の臥龍梅《がりゅうばい》に出掛けたのですが、その帰りにふと思い立ち、露どのはご機嫌麗しくお過ごしか、お伺いに立ち寄らせていただいた次第です」

志丈の口から出任せは天賦《てんぷ》の才だ。それから新三郎を紹介した。

「こちらは、僕の竹馬の友で、清水谷に居を構える萩原新三郎と申す者です」

新三郎は「どうも」と頭を下げた。

「さようでございますか。ようこそおいでくださいました。どうぞお上がりくださいませ」

「いやいや、そんなつもりでは」

「そんなこと仰らずに。お嬢さまとわたくしばかりで寂しくしておりました。志丈先生とお友達なら、お嬢さまもさぞかしお喜びになりましょう。さ、どうぞ奥に」

思惑通りに事が運び、志丈はにやりと新三郎に笑いかけた。

ふたり暮らしにはもったいない豪勢な別邸である。川沿いに建っているせいで、絶え間なくさらさらと衣擦れのような水音が聞こえている。座敷に通されたものの、居心地の悪さもあって、新三郎は憮然としていた。武家生まれとはいえ、かしこまるのは苦手だった。色町の方がよほど落ち着く。あんな賭けなどしなければよかったと悔いていると、襖《ふすま》が開いて、米が茶を持って現れた。

それをふたりの前に置き、米は襖の方を振り返った。

「お嬢さま、どうなさいました。さあ、こちらに」

やがて襖の縁から秋草色染《あきくさいろぞめ》の裾《すそ》が覗いたかと思うと、露の姿が現れた。

新三郎は思わず息を呑んだ。志丈の言う通り、いや、それ以上の美しさだった。

露はふたりの前で指先をつき「いらっしゃいまし」と、軽く頭を下げた。月の眉、黒目がちな瞳、桃色の小さな唇。その花のようなかんばせに、新三郎は釘付けになった。結い上げた高島田《たかしまだ》は艶やかに光り、愛らしい耳たぶと襟足に続く白肌が羞恥でほんのりと紅く染まっている。

「何だ、新三郎。魂を抜かれたみたいな顔をしているぞ」

志丈のからかいに、新三郎は我に返った。

「馬鹿を言うな。あの、わたくしは萩原新……」

「露どの、相変わらず見目麗しい。臥龍梅も、露どのの前ではぺんぺん草だ」

しどろもどろの新三郎の言葉を遮って、志丈は臆面もなくぬけぬけと言った。それにくすくすと袖を口に当てて小さく笑う露の姿は、梅どころか、桜も牡丹《ぼたん》もかなわぬほど愛々しい。

志丈は話も巧みに、露や米を何度も笑わせた。新三郎は黙っているばかりだ。時々、ちらりと目をやるが、露はまるで新三郎などここにいないかのように振舞っている。

一刻あまりの時を過ごし、別邸を後にした頃は、すでに夜も更け、辺りはしんしんとした闇に包まれていた。

「どうだ、天下一の美人だろう」

「まあな」

ぼんやりと新三郎は答えた。

「露どのは、おまえに目もくれなかったな。色町じゃ人気のおまえも、おれと同じく袖にされちまったわけだ。ああ、愉快愉快。二朱は今度いただくからな」

志丈の暢気な笑い声だけが、人気のない夜道を流れて行った。


それから五日がたった。

新三郎は毎日を空《うつ》ろな思いで過ごしていた。酒を呑む気にも、色町に出掛ける気にもならなかった。

晴れ渡る空を仰ぎ、縁側で梅の花びらの散る様子を眺めながら、どういうわけか、繰り返されるのはため息ばかりだった。胸の奥が常にざわざわと波打ち、もどかしさが寄せたり引いたりしている。今まで感じたことのない心の揺れとどう向き合えばいいのかわからなかった。庭に出て、長らく手にしていなかった剣を振り、汗を流しても、何も変わりはしなかった。

新三郎は立ち尽くしたまま呟く。

これはいったい何なのだ。おれはいったいどうしてしまったのだ。


「旦那さま、おいでですか」

玄関から伴蔵の声がした。ごろりと横になったまま新三郎は「いるよ」と答えた。

「お客さまをお連れいたしました」

「客?」

「どうぞ、こちらへ」

と、伴蔵に促され、玄関から入ってくる姿に、新三郎は目を丸くした。

「お米さんじゃありませんか」

「先日はお越しいただき、ありがとうございました」

米は腰を折るようにして頭を下げた。

「いや、こちらこそ。さあ、どうぞ、お上がりください」

「失礼いたします」

米が草履を脱ぎ、そろそろと部屋の中に入ってくる。

「よく、ここがわかりましたね」

「お探し申し上げました。清水谷を何日も掛けて回りましたので、足が棒になってしまいました」

おみねが茶を運んできた。新三郎の居を訪ねる者はせいぜい志丈ぐらいのものである。おみねは、緊張した面持ちで「粗茶でございます」と、茶碗を置いた。

「ありがとうございます」

米は軽く会釈を返し、おみねの姿が見えなくなったところで、再び顔を向けた。

「実は、お嬢さまがずっと臥せっております」

「露どのが？　何かご病気でも？」

「はい」

「それなら僕などより、志丈の方がよろしいのではありませんか」

藪医者には違いないが、病気となれば、自分より志丈の方が役に立つはずである。

「いえ、お薬で治るご病気ではありませんので」

「え……」

「恋患いでございますゆえ」

新三郎は目をしばたたいた。

「お嬢さまが元気になられるには、新三郎さまとお会いする以外ございません」

「まさか、何を仰るのです。そんなわけがないじゃないですか」

新三郎は首を振る。あの時、目もくれなかったではないか。言葉ひとつ交わしたわけでもない。露は志丈にばかり笑みを向けていた。

「お米さんの勘違いですよ」

いいえ、と、米は静かに首を横に振り、その時ばかりはまっすぐな眼差しを向けた。

「わたくしは、乳母として、お嬢さまがお生まれになった日からお仕えさせていただいております。お嬢さまの心のうちは、この米には痛いほど見えております。新三郎さま、どうか今宵、別邸においでくださりませぬでしょうか」

新三郎は困惑した。俄《にわ》かには信じられなかった。

しかし、断る理由などどこにあろう。たとえ米の誤解であったとしても、会いたい気持ちは強い。

声が上擦りそうになるのをようやくのことで抑え、新三郎は答えた。

「では、何はともあれ、お言葉に従って伺わせていただくことにいたしましょう」

それを聞いて、米はほっとしたように口元を緩めた。


暮れ五つ、風は湿り気を含んでいた。潜《くぐ》り門から邸に入ると、米が待っていた。

「お待ちしておりました。さあ、こちらへ」

廊下を過ぎ、座敷に案内されてゆく。襖の前で立ち止まると、米は「お嬢さま、新三郎さまがお見えになりました」と、告げた。襖が開けられると、露が俯《うつむ》き加減に座っているのが見えた。

新三郎は中へと足を進めた。胸の鼓動が高鳴っている。襖が閉められ、米の足音が遠ざかってゆく。用意されていた座布団に腰を下ろしたが、どうにも落ち着かない。声を掛けたいが、何と言っていいのかわからない。

しばらく無言を続けていると、やがて露の細いすすり泣きが聞こえてきた。

「露どの、どうなさいました。なぜに泣かれます」

驚いて声を掛けると、露は袖でそっと涙を拭った。

「わたくしにもわかりません。もう、お目にかかれないと諦めておりました。露の心の内を、米に気づかれただけでも恥ずかしくて恥ずかしくて。それでいて、こうしておいでくださったことが嬉しくて嬉しくて。それなのになぜ涙がこぼれるのでしょう」

「露どの……」

「どうか、はしたない娘と思わないでくださいませ。あの日、新三郎さまをひと目見た時から、露の心は自分のものではなくなりました。こんなことが我が身に起きるなど、今も信じられない気持ちでございます」

米の言葉は真実だったのか。新三郎は意を決して、膝をすすめ、露の手を取った。

一瞬、びくりと露が手を引く。

「さあ、顔を上げてください」

やがて、ためらいながらも露が顔を上げた。その涙に満ちた瞳を見たとたん、新三郎の胸はつぶれそうなほど切なさでいっぱいになった。

今まで会ったすべての女の中で、誰よりも美しい。錦絵も花魁《おいらん》も比べ物にならない。

いや、美しさだけではない。これほど心を鷲掴みされるのは何故なのか。運命のめぐりあわせとしか思えない。

新三郎は思わず露を引き寄せた。柔らかく、露が胸の中に倒れてくる。そのたおやかな重みに身体が熱くなる。

「露どの、会いたかった。あれから露どののことばかり考えていました」

「わたくしとて同じでございます」

たった一度、それも一刻あまりしか顔を合わせていないというのに、この昂《たか》ぶりはなんとしたことだろう。いいや、この五日あまり、自分たちは同じ思いを募らせていた。心はずっと繋がっていたのだ。

そして、新三郎は自分を戸惑わせていた心の揺れが何であったのか、はっきりと理解する。

これが、恋なのか――。

その夜から、新三郎は毎晩、別邸を訪ねるようになった。

玄関ではなく、生垣を回り、庭伝いに邸に入り、灯りを持って待つ米に導かれて、露の部屋へと忍んでゆく。

唇を重ねたのは三度目の逢瀬だった。

柔らかな感触と甘やかな吐息に、新三郎は我を忘れそうになった。頭の奥がじんじんと痺れ、川の音も風の音も聞こえない。いや、刻さえ止まったような気がした。

舌を差し込みたいという欲求を、新三郎はようやくのことで抑えた。口を吸われるのが初めてであるのは、その固く結んだ唇でわかる。急ぐまい。露はまだ知らない。新三郎の袴の下で固く屹立しているものが何なのかさえも――。

新三郎はひしと、ただひしと露を抱き締めるばかりだ。


春は深まっていた。

気がつくと、桜は散り、代わって牡丹が馥郁《ふくいく》とした香りを放つ季節となっていた。

重ね合わせるだけで精一杯だった露の唇は、いつか薄く開き、今では新三郎の舌を受け入れ、絡め合うようになっていた。同時に、少しずつではあるが身体も開き始めていた。

ただ、ここから先をどうしたらいいのか、新三郎は迷っていた。逢瀬が重なれば重なるほど、露を求める気持ちは強くなる一方だ。このままでは、欲望を抑えられなくなってしまうだろう。

しかし、露は旗本のひとり娘である。自分のような名もなき浪人が、その一線を越えればどんな結末をもたらすことになるか。

露が欲しい。

いや、決して許されぬ。

新三郎の心は千々に乱れていた。

町中に金魚売りや風鈴売りの声が響いている。空は澄み、雲は潔いほど白く、雀の鳴き声が賑やかに飛び交っている。

初夏の華やぎが訪れたというのに、ここしばらく露と会うことができず、新三郎はため息ばかりを繰り返していた。

露は父親の平左衛門から、飯島の屋敷に戻るよう言われたという。二日か三日ということであったが、すでに六日が過ぎていた。米からの連絡を新三郎はじりじりと待った。

八日後、ようやく米からの文が届いた時、逸《はや》る気持ちを抑え切れず、新三郎は家を飛び出した。

新三郎が訪ねると、米は、少々緊張した面持ちで待っていた。こちらへ、と通されたのはいつもの座敷とは別の部屋である。小さな灯りに照らされて、絹の寝具が敷かれてあるのが見えた。

新三郎は立ち尽くした。

「どうぞ、今宵はこちらで。御寝巻もご用意してございます」

米の言葉で、我に返った。

「お米さん、これは……」

「お嬢さまは、心底、新三郎さまをお慕い申し上げております。夫婦の契りを結びたい、それがお嬢さまのお気持ちでございます。新三郎さまはいかがでございますか」

「もちろん、私とて同じです。露どのを思わぬ日は一日もない。ただ……」

同じ武家とはいえ、飯島家とはあまりにも身分違いの自分が、露を妻に娶《めと》るなど許されるだろうか。

「お嬢さまのお気持ちはもう決まっております」

「本当ですか……。しかし、お米さん、なぜあなたがそこまで」

米は目を細めて頷いた。

「わたくしとて女。道ならぬ恋がどれほど辛いか存じております」

「お米さん……」

「さあ、どうぞお着替えを」

米は、一介の浪人でしかない自分と露に、夫婦の契りを結ばせようというのか。そして露は、米にそこまでさせるほど、思いを掛けてくれているのか。

寝巻に着替えて待っていると、やがて白絹《しらぎぬ》の長襦袢《ながじゅばん》姿の露が現れた。華やかな振袖姿も美しいが、それを脱いだ露は、却って麗しさが際立っていた。きっと天女とはこういう姿をしているに違いないと、新三郎には思えた。

「新三郎さま、お会いしとうございました」

露が新三郎の胸の中に崩れてくる。新三郎はしかと抱き留めた。露の身体の温かさが伝わってくる。薄絹の上からでも、その肌の滑らかさが感じられる。

「お米さんの言葉は、露どのの本心なのですか」

新三郎は不安を拭い切れずに尋ねた。

「はい」

露が新三郎の胸に顔を埋めながら頷く。

「ほんとうに、ほんとうに、私と夫婦の契りを結びたいと」

「まことでございます。新三郎さま、露の望みをお聞き届けていただけますか」

「もちろんです。私も同じ気持ちでいました。しかし、私のような者には到底届かぬ望みと諦めていたのです」

「誰が何と言おうと、露には新三郎さまだけでございます」

「露どの……」

もう気持ちの昂りは抑えようもなかった。ふたりは床に入り、長く唇を重ね合わせた。やがて、新三郎は片方の手で襦袢の紐を解き、襟を開いて露の乳房に触れた。まだ熟れきっていない果実のような弾力が、手のひらに返って来る。露は一瞬、身を硬くしたが、指先で触れると、小さな乳首が尖るのがわかった。ため息とも、あえぎともつかぬ露の声が新三郎の耳に届く。

やがて、新三郎は露の襦袢の裾を割った。滑らかな肌はしっとりと湿り気を帯びている。

「新三郎さま……」

羞恥のせいか、露が不安の滲《にじ》んだ声をもらした。

「何も心配することはありません」

露が頷く。新三郎の指は、時間をかけて秘所《ひしょ》まで辿り着いた。淡々とした恥毛《ちもう》を分け入ってゆき、小さな突起を探り当てる。柔らかく愛撫すると、ああ、と、露の口からため息がこぼれた。突起は固く尖ってゆき、露の身体がほのかに波打っている。

新三郎は玉門《ぎょくもん》に指を移した。しかし、そこはまだわずかな潤いしかなかった。露にとって初めての床入りである。その初々しい反応に、ますます愛しさがつのってゆく。

新三郎は身体を放し、露の膝を割って、その奥へと顔を近づけた。

「そんな……」

露の驚く声。構わず、新三郎は舌を這わせた。作為というのではなく、そうせずにはいられなかった。丹念に、根気よく、舌を這わせた。乳に似た匂いが濃くなり、新三郎はくらくらとする。女郎に玉茎《ぎょっけい》をくわえられても、自分がするのは初めてだった。

やがて頑なさが溶け、代わりに温かな蜜が溢《あふ》れてきた。

「もう、もう……新三郎さま……」

新三郎は体勢を変え、露の上になった。玉門に玉茎を当てる。静かに突いたつもりだが、露は苦しげに眉を寄せた。

「痛いですか」

新三郎は尋ねる。

「いえ……」

どれだけ心が受け入れていても、身体は異なるものを拒もうとしている。布団の上へ上へと、露の身体がせりあがってゆく。露を苦しめているようで、新三郎の心は痛んだ。逸る自分を抑えながら、ゆっくりと時間をかけた。

玉門の奥底まで辿り着いたのはしらじらと夜が明ける頃である。ふたりは繋がったままじっとしていた。新三郎の身体の下に、密着した露の肌が紅く燃えていた。動かずとも、ただ入れているだけ、それだけで新三郎は狂おしいほど満ち足りていた。

新三郎の身体の下で、露がたえだえの息で言った。

「これで、わたくしたちは夫婦の契りを結んだのでございますね」

「そうです、露どの」

「どうか露とお呼びください。もう、わたくしは新三郎さまの妻でございます」

「露……」

「新三郎さま、ずっとずっと、わたくしをおそばに置いてくださいませ」

「露、未来永劫、私たちは夫婦だ」

「ああ、嬉しゅうございます」

新三郎の腕の中で、露は風に揺れる花のように身を震わせた。


思いがけなく志丈が顔を見せたのは、梅雨に入り、雨がじめじめと軒先を濡らすようになった頃である。

「無沙汰したな」

縁側に座ったまま、新三郎は雨にけぶる庭を見ていた。

「ああ」

今は、志丈と無駄話に興じるような気持ちにはなれなかった。というのも、結ばれたのも束の間、露は再び飯島の屋敷に戻されてしまったのである。いつ何時、別邸に帰ったと連絡があるかもしれない。そのため、どこにも出掛けず、一日の大半をじりじりと家の中で過ごしていた。

「こうして訪ねたのは他でもない、露どののことだ」

思わず顔を向けると、そこに志丈の真顔があった。

「露がどうかしたのか」

露、と呼んだことで、得心したのだろう。

「そうか、おまえはやはり、露どのと深い仲になったんだな」

新三郎は黙し、志丈から目を逸らした。

「たき付けたのはおれだ。そのおれが、今になってこんなことを言うのは身勝手だとじゅうじゅう承知している」

それから、志丈はしばらく口ごもった。

新三郎は口調を強めた。

「何なんだ、言いたいことがあるなら早く言ってくれ」

「わかった、では言うぞ。実は、露どのに縁談が持ち上がっている」

「何だと」

新三郎は思わず声を高めた。

「相手は、直参旗本《じきさんはたもと》の次男坊だ。露どのは飯島家のひとり娘。婿を迎え、いずれ家督を相続する世継ぎを産まなければならない立場の方だ」

新三郎は黙った。

「しかし、その縁談を露どのは拒まれた。すでに夫婦の契りを結んだ相手がいると言ったのだ。それを聞いて殿さまは激怒された。かりそめにも直参旗本の娘が、別邸に男を引き入れ、情を交わすとは何事か。家名を汚すようなことをした不届きな娘など手討ちにする、と、そこまで仰った」

新三郎はたちまちに色を失った。

「露は、露は無事なのか」

「もちろん大切なひとり娘だ、殿さまも本気ではあるまい。しかし、もう二度と別邸には帰さないと、露どのとお米さんは今、まるで座敷牢のような部屋に監禁されている」

そうか、そうだったのか。だから連絡の文が届くこともなかったのか。

「三日前、おれは殿さまに呼ばれた」

改めて新三郎は顔を向けた。

「何と」

「露どのの相手が、すでにおまえであると調べ上げていた。それで、友人であるおれを呼び出したのだ。そして殿さまはこう言った。その新三郎という浪人を死んだことにしてくれと」

「え……」

「医者のおれから、病で死んだと聞かされれば、露どのも諦めがつくだろうということだった。殿さまはおれに対してもたいそうご立腹でな、命に従えば、おまえを露どのに引き合わせたことは不問に付すと言われた。だから、すまない、おれはその通り、露どのに伝えた」

新三郎は目を見開いた。

「何だって」

「おれだって悩んだんだ。しかし、考えてもみろ。他にどんな方法がある。飯島家がおまえのような身分の者を婿として迎えるはずがないではないか。相手は直参旗本のひとり娘だぞ。もともと叶わぬ恋であったのだ。おまえだって、それは最初から承知していたはずだろう」

新三郎は言葉に詰まった。確かに志丈の言う通りだ。まかり間違っても飯島の殿が許すはずがない。

「露はどのような様子だった？」

「驚きのあまりに叫ぶように泣き崩れていた。それからずっと床に臥せって、何も食べない日々が続いていると聞いている」

「そうか……」

「しかし、露どのはまだ十六だ。しばらくすれば心も落ち着くだろう。新三郎、どうかこのまま死んだことにしておいてくれ。下手をすれば、おまえが飯島の家の者のお手討ちに遭うかもしれん」

新三郎は唇を嚙み締めた。露への思いを募らせながらも、頭の中ではいつも、身分の違いが引き起こすであろうふたりの前途を懸念していた。

「わかってくれ、新三郎」

新三郎は何も言えなくなっていた。志丈をどうして責められよう。ただ、心の中にぽっかりと闇のような穴が開いてしまったようだった。

帰り際、志丈は懐から二朱を取り出した。

「おれの負けだからな」

新三郎はその時ばかりは声を荒らげた。

「そんなものは持って帰ってくれ」

悲しげな雨音が、新三郎の胸のうちをも冷たく濡らしていった。


新三郎は荒れた。

露への押さえ切れない恋慕は行き場を失い、朝から酒を呑み、ふらついた足取りで色町へ向かい、女郎を抱いた。何もかもがどうでもよかった。

所詮は身分違いの恋だったのだ。これでいい、忘れるのがいちばんだ、と、自分に言い聞かせながらも、次の瞬間には露を思い出し、寂寥《せきりょう》感に包まれた。

何を見ても、何を聞いても、心は死んだように動かない。恋を失うとはこれほどまでに苦しいものなのか。こんな毎日を、これからどれほど繰り返さなければならないのか。


夏の盛りを迎えようとしていた。

夕時、おみねが部屋に蚊帳《かや》を吊っていった。

部屋は蒸し暑く、戸を開け放したまま、新三郎は蚊帳の中で横になり、月の明かりが薄ぼんやりと庭を照らすのを眺めていた。

風はなく、辺りにはほのかに梔子《くちなし》の香りが漂っている。不摂生が続いているせいで、身体は重く、だるさが抜けない。

子《ね》の刻を過ぎた頃だろうか、浅い眠りの中で、新三郎は下駄の音を聞いた。

からら ん——こ ろろん——
からら ん——こ ろろん——

それは徐々に近づき、新三郎の家の前で止まった。

「夜分、申し訳ございません。新三郎さまはおいでなさいますか」

その声が米に似ているようで、新三郎ははっと身体を起こした。まさか、という思いで耳を澄ますと、もうひとりの声が。

「新三郎さま、新三郎さま」

新三郎は蚊帳を飛び出し、玄関へと走った。そこには牡丹燈籠にうっすらと映し出された、愛しい露の姿があった。

「露ではないか」

「ああ、新三郎さま」

新三郎は裸足のまま三和土《たたき》に下り、露のからだを抱き締めた。

「露なのか、本当に露なのか、まさか夢を見ているのではないだろうな」

「お会いしとうございました」

新三郎は露の肩を抱き、米と共に家に招き入れた。部屋に上がってからも、露はまるですがりつくかのように、新三郎から離れようとはしなかった。その姿に、米がたもとで目頭を押さえている。

「夫婦の契りを交わした新三郎さまが亡くなられたと聞いて、お嬢さまはどれほど嘆かれたことでしょう。お会いしたい一心のあまり、とうとう……。いえ、そんなことはよろしいのです。もしやと思い、ようやくのことでこちらに参った次第でございます。新三郎さま、生きていらっしゃったのですね。いったいなにゆえに死んだなどと、そんな嘘を」

新三郎は詫びた。

「申し訳ないことをした。事情を聞かされたのは、志丈が露に告げた後だったのだ。どうにも受け入れざるを得なかった」

露は小さく首を振った。

「もう、いいのです。こうして新三郎さまにお会いできたのです。それだけで、露はもう……」

露の目にうっすらと涙が滲む。その姿を見て、どうして露を諦めようなどと思ったのか、一時でもそんなことを考えた自分がわからなくなる。

「さあ、お嬢さま。新三郎さまに思い切りお甘えなさいませ。夜が明ける前には戻らなければなりません。長居はできません。米は、向こうのお部屋でお待ちしておりますゆえ」

米が部屋を出てゆく。待ちきれないように、新三郎は露を蚊帳の中へといざなった。帯を解くのももどかしく、新三郎と露は抱きあった。

唇を重ね、襦袢の裾を割ってゆく。舌を使わなくとも、露の秘所はすでに驚くほどに潤い、新三郎を全身で受け入れようとしている。新三郎は露の足の付け根に、固く起立した玉茎を押し付けた。それはするりと迎え入れられ、「ああ、」と、露が声を漏らす。歓びの声だと新三郎にはわかる。露の両足が新三郎の腰にしっかりと巻きつく。腰を動かすたびに、糸を引くような声が流れる。

出会った時は、唇さえ硬く閉じていた。女とはこんなにも変わるものなのか。新三郎は喜びに包まれながらも、驚愕する。そして、新三郎もまた、今まで経験したことのないような激しい快感に全身を震わせた。

どれだけ時がたったろう。このまま永遠に交わっていたいという思いの中、米の声が聞こえてきた。

「お嬢さま、そろそろ夜が明けます。お帰りのご用意を」

新三郎はいっそう強く露の身体を抱き締めた。

「帰るな、露。離したくない」

「わたくしも、このままずっと新三郎さまとご一緒していたい。けれども、帰らなければなりません。今夜もまた、同じ刻に参ります。待っていてくださいますか」

「もちろんだ。必ずだな、必ず来てくれるな」

「はい」

「お嬢さま、お急ぎを」

米の声に焦りが滲む。露が蚊帳から出てゆく。新三郎もまた布団から立とうとしたが、どういうわけか身体に力が入らない。露の姿が視界から消えたと思うと、まるで意識を失うように、瞬く間に深い眠りに引き摺り込まれていった。


「旦那さま、旦那さま」

その声に目を開けると、目の前に伴蔵の顔があった。

「もう御天道様《おてんとさま》はすっかり真上でございますぜ」

「ああ、もうそんな時刻か」

おみねが食事を持って来た。昨夜の昂ぶりのせいか、あまり食欲はない。それでも気持ちは晴れ晴れとしていた。おみねは蚊帳を畳み、布団を片付けている。新三郎は膳の前に座り、少しだけ箸を付けた。

「今日は御機嫌もよろしいようで、安心いたしました」

「何のことだ？」

「ここのところ、旦那さまはいつもふさいだ顔をしていらっしゃった。何があったのかと、おみねと話しておりました」

「そうか、でも、もう心配には及ばぬ」

「それは、昨夜のお客さまのせいでございますね」

新三郎は、にやけた伴蔵に目をやった。

「いえね、夜明け前に目を覚ましましたところ、格子の間から、振袖姿のお嬢さまの後姿をちらりとお見掛けしましたもんで」

「そうか。うん、まあ、そんなところだ」

「そうですか、それはようございました」

「他言は無用だぞ」

「へいへい、承知しておりますとも」


それから毎夜、子の刻に露が訪れるようになった。

夜が深まっても、粘っこい暑さが引くことはない。汗と体液にまみれながら、ふたりの交わりは夜が明けるまで続いた。精を発した次の瞬間にはもう、玉茎は再び熱くたぎっている。露との交合は久遠とも思えた。身体を重ねれば重ねるほど、欲情は増してゆくばかりだ。

新三郎は自分の身体に底知れぬ力が漲《みなぎ》ってゆくのを感じていた。食べずとも飲まずとも、疲れなど微塵もない。怠惰な暮らしの中では得られなかった生きていることの実感、それを今、噛み締めている。

夜明け前に露が去ると、新三郎は死んだように眠りに落ちる。陽が高く昇ってから目を覚まし、その時にはもう、子の刻が待ち遠しくてならない。

傾きはじめた日差しを感じながら新三郎は思う。朝など来なければいい。日など昇らなければいい。そうすれば、露とずっと共に過ごせる。

露、露、早く会いたい。

そなたを抱きたい。

庭先から、伴蔵とおみねが連れ立って顔を出した。

草むらで、りろりろと、こおろぎが羽をすり合わせる音が聞こえていた。いつしか夏も終わろうとしていた。

「あの、旦那さま、ちょいとお話が……」

「なんだ」

「あの……どう申し上げてよろしいやら……毎夜、訪ねて来られるお嬢さまのことなんですが……」

「露がどうかしたか」

「お露さまとおっしゃるんですかい。いや……あの……旦那さま、勘弁しておくんなさいませ。実は昨夜、旦那さまの家をつい覗き見してしまいました……」

「何だと」

新三郎が眉を顰《ひそ》めると「申し訳ございません」と、伴蔵とおみねは小さくなって、畳に額を擦り付けた。

「卑《いや》しい助平根性が抑えられずに、ついとんでもないことをしてしまいました……。厳しいお叱りを受けるのはじゅうじゅう覚悟しております」

「まったく、馬鹿なことを。二度とするでないぞ」

「へい」

「なら、いい。もう下がれ」

「いえ、旦那さま、話はそれだけではないのでございます。何と言っていいか……見てしまった以上、黙っているわけにもいかず、こうしてふたりして参った次第です」

「何の話だ」

回りくどい物言いに、新三郎は焦れた。

「旦那さま、あのお嬢さまは……あれは……」

しどろもどろの伴蔵に、しびれを切らしたようにおみねが言った。

「ああ、もう、おまえさんときたら。あたしが申し上げましょう。旦那さま、あのお方は人ではありません」

「人ではない？」

「昨夜、あたしたちは見たんです。あれは間違いなく物の怪でございます」

新三郎は思わず目をしばたたき、やがて笑い声を上げた。

「何を馬鹿なことを言っているんだ」

「いいえ、間違いありません。この目ではっきりと見たんです。頭は髑髏《どくろ》、身体は骨の屍《しかばね》でございます。旦那さま、目を覚ましてくださいませ。このままでは大変なことになってしまいます」

さすがに新三郎はむっとした。

「いい加減にしろ」

「旦那さまは、ご自分のお姿がわかっていらっしゃらないのです。頬はげっそりし、目は落ち窪んで、ただごとではない痩せようです。きっとあの物の怪に生気を吸い取られているに違いありません」

「もう、戯言《ざれごと》はたくさんだ。これはただの暑気あたりだ。食欲はなくとも、身体には力が漲っている。以前の自分より健勝だ」

「旦那さま……」

「もう、いい、下がれと言っておるだろう」

新三郎は荒い口調で言った。何をどう言われようと、伴蔵とおみねの訴えなど、受け入れられるはずもなかった。

歓びは日ごとに深まっていった。

仰向けに、うつ伏せに、横ざまに、時に露を膝に乗せ、時に露が上になり、玉門は海のように新三郎の玉茎を飲み込んでゆく。

露の足の指が屈し、背がのけぞり、その時を迎えた露の身体は打ち震える。新三郎もまた、忘我の中で精を出し尽くす。

露、露、と、名を呼びながら、新三郎の玉茎は更に玉門を求めていきり立つ。新三郎さま、新三郎さま、と、応えながら、露の玉門は更に白き涙を溢れさす。息も絶え絶えに、もつれあい、からみあい、むさぼりあい、あえぎあい、夜の終わりまで交わりは果てしなく続く。


志丈が顔色を失ってやって来た。

「伴蔵から報せを受けて飛んできた。おまえのところに夜な夜な露どのが忍んで来るというのはまことか」

新三郎は部屋の隅で小さくなっている伴蔵を睨み付けた。

「話したのか」

「申し訳ありません。見るに見かねて……誰に相談していいかわからず、志丈さまならと思いまして」

「まったく余計なことを」

舌打ちをしながら呟く。

「どうなんだ、まことなのか」

志丈の問いに、新三郎は覚悟を決めた。

「ああ、そうだ。露は毎夜、飯島の屋敷を抜け出して、ここにやって来る」

「そんなわけはない」

「いずれ飯島の殿さまにも許しを請いに伺うつもりだ。俺も露も心は決まっている」

「露どのは死んだ」

「は……」

その唐突な言葉に、新三郎は呆気にとられたように、まばたきを返した。

「今、何と」

「露どのは亡くなったんだ」

「志丈、おまえまで何をたわけたことを言ってるんだ」

「心苦しくてずっと言えなかった。前に話しただろう、おまえが死んだことにすれば、露どのも諦めて、父上の勧める縁談を受け入れるに違いないと。しかし、そうではなかった。露どのは絶望のあまり、病に臥し、亡くなったのだ」

「まさか……」

「許せ、新三郎」

「嘘だ。志丈、おまえは露にそうしたように、おれをも騙そうとしているのだな」

「嘘ではない」

「では、毎夜、おれの元に通って来る露はいったい誰だというのだ」

「露どのの死霊に違いない」

「笑わせるな、そんな話、誰が信じる」

あの美しい露が死霊などと、どうしてそんな作り話ができるのか。片腹痛いとはこのことだ。

「信じないのなら、今から露どのが葬られている新幡随院《しんばんずいいん》まで行こうではないか。墓を見れば、おまえも納得するはずだ」

「いい加減にしろ」

「新三郎……」

唐突に志丈は床に手を突いた。

「頼む、一緒に行ってくれ。頼む」

顔を向けると、真剣な眼差しとぶつかった。そんな志丈の姿を見るのは初めてだった。その窮した面持ちを目の前にすると、拒むことはできなかった。


志丈の言う通りだった。

新幡随院の本堂の裏に、確かに露の名が刻まれた新墓が建っていた。新三郎は驚愕のあまり膝から崩れ落ちた。

「そんな、まさかそんなことが……」

供えられている燈籠も、いつも米が携えてくる牡丹燈籠である。隣の墓がそうだ。

「お米さんも露どのの後を追うように亡くなったのだ。ここから毎夜、ふたりはおまえの元へと出掛けてゆくのだろう」

新三郎はただ呆然としていた。何をどう考えていいのかわからなかった。あの愛しい露はすでに屍となり、自分はその屍と毎夜、交わっているというのか。

しばらくして本堂から和尚がやって来た。名僧・良石《りょうせき》である。良石は木綿の白衣に茶の衣を羽織り、その面差しは深い徳を映し出していた。

「志丈どのから話は聞いた。新三郎どのと申したな。おまえさまの顔をひと目見て、死霊にとり憑かれているのがわかった。このままでは、おまえさまも死んでしまうだろう。露どのの死霊は、恋に狂って成仏できず、おまえさまをあの世に連れて行こうとしているのだ」

新三郎は混乱するばかりだ。

「解決法はひとつしかない。死霊を寄せ付けぬことだ。今夜も訪ねて来るであろうが、二度と受け入れてはならぬ。家の出入り口のすべてに御札を貼り、死霊除けの海音如来像《かいおんにょらい》に向かって、雨宝陀羅尼経《うほうだらにきょう》をとなえ読けるのだ。そうすれば、死霊はおまえさまの傍には近づけぬ」

「露を拒めと仰るのですか。夫婦の契りを交わした露を」

「まだ、わからぬのか。相手は死霊なのだ。もうこの世のものではない。おまえさまはまだ若い。死んではいかん。生きなければならぬのだ」

「新三郎、目を覚ましてくれ」

志丈が切羽詰った声で言う。

「新三郎、おまえのためだけではないんだ。そうすることで露どのも救われる。この世とあの世の境で彷徨《さまよ》いながら、苦しむ露どのを成仏させてやろう。それこそがまことの情というものではないのか」

返す言葉はなかった。それが露のためと言われて、どうして拒むことができよう。

からら ん――ころろん――
からら ん――ころろん――

子の刻、下駄の音が近づいてくる。

新三郎は目を瞑《つむ》り、身を硬くして、海音如来像に向かい、一心に雨宝陀羅尼経をとなえた。

下駄の音が玄関先で止まった。

「どうしたことでしょう、今宵に限って、このような厳重な戸締りがしてございます」

米の困惑の声が聞こえて来る。

「お嬢さま、裏に回ってみましょう」

しかし、裏とて入れはしまい。家中、ありとあらゆる出入り口には御札が貼ってある。

「新三郎さま、新三郎さま」

露が呼ぶ。

「どうぞ戸を開けてくださいませ。なぜ、このような御札が貼ってあるのでございましょう。このままではとても入れません」

切ない声が、新三郎の心を揺らす。それでも心を鬼にして、新三郎は経をとなえた。

「新三郎さま、露でございます。どうぞ開けてくださいませ。露を抱いてくださいませ」


それでも目を閉じ、耳を塞ぎ、新三郎は経を続けた。

これが、そなたのためなのだ――。


それから三日。

毎夜、同じことが繰り返された。

からららん――ころろん――
からららん――ころろん――

今宵もまた、露の下駄の音が近づいてくる。ふたりの死霊は新三郎の家の周りをぐるぐると回り、それは白々と夜が明けるまで続く。

新三郎の心はかき乱れる。露のためとわかっていても心は引き裂かれる。露、どうか諦めてくれ。成仏してくれ。どれだけ訪ねて来ても、御札と仏様がある限り、そなたは決してこの家には入れぬのだ。

「新三郎さま、お恨み申し上げます。なぜ、このような御札を貼って、わたくしを家へ入れてくださらないのですか。未来永劫の夫婦の契りは嘘だったのですか。新三郎さま、お会いしとうございます……」

やがて、露の声はむせび泣きに変わっていった。その声があまりに忍びなく、新三郎は心を抑え切れなくなった。思わず「露、すまぬ」と、家の中から声を掛けていた。

「ああ、新三郎さま、やっとお声が聞けました」

「許してくれ。そなたを家に入れるわけにはいかないのだ」

「なぜでございます」

「それがそなたのためだからだ」

「わたくしのためと」

「そなたはもう、この世のものではないと聞いた」

「……」

「この世とあの世の狭間で彷徨い続けるそなたを救うには、これしか方法がないと言われたのだ」

ほんの少しの間があって、露の慟哭の声がした。

「何という仰りようでございましょう。この世もあの世もござりませぬ。わたくしの望みはただひとつ、新三郎さまのおそばにいることでございます」

「露……」

「新三郎さまとなら、地獄におちることさえ怖くありませぬ」

新三郎は搔《か》き毟《むし》られるような愛しさに包まれた。露はそれほどまでに思いをかけてくれるのか。こんな放蕩な自分のために、地獄におちることさえ厭《いと》わぬと言ってくれるのか。それなのに、自分はいったい何を恐れているのだ。

新三郎は海音如来像を摑んで立ち上がった。

「露、今、戸を開けるぞ」

そのまま庭に続く戸の前に立ち、思い切り引く。御札が破れ、風に吹かれて散って行くのが見えた。新三郎は手にしていた海音如来像を、塀の向こうへと大きく投げた。

「露、これで邪魔をするものは何もなくなった。さあ、中へ」

暗闇からすっと露の姿が現れた。いつものように髪は文金《ぶんきん》の高髷《たかまげ》に結い上げられ、秋草色染の振袖を着た露の姿は息を呑むほどに美しい。

「新三郎さま」

露が胸の中に倒れ込んでくる。その重み、その柔らかさ。

「私が馬鹿だった。私の望みも同じだ。露のいないこの世など何の未練があろう。生きて何の意味があるだろう」

新三郎は露と唇を合わせる。もつれるように重なり合う。

玉茎はすでに痛いほど固くそそり立っている。着物の裾から新三郎は玉門へと指を伸ばす。そこは温かく溢れ、新三郎を待ち焦がれている。新三郎は露の足を割って、身体を沈み込ませる。

なんという快楽。なんという恍惚。極楽なのか、地獄なのか。どちらでもない。どちらでもいい。行き着く先がどこであろうと、露とならば行く。咎《とが》も罰も、死も怖くない。

「露……」

「新三郎さま……」

こんな退屈な世に何の未練があろう——。


そこには新三郎の無残な姿があった。

すでに息はなく、その土気色に変わり果てた顔にはざんばら髪の髑髏が頬を寄せ、硬直した腕や足にも白い骨が絡みついていた。

陽が昇り始める。部屋に明かりが差し込んでくる。

しかし、どれほどのまばゆさも、もうふたりを分かつことはできない。ふたりはひとつとなり、未来永劫、離れることはない。

新三郎の顔は穏やかさに包まれている。

その満ち足りた表情は、まるで微笑んでいるかのようでさえあった。

蠱惑する指

番町皿屋敷

今夜はことさら月が美しい。

庭に咲く白萩《しらはぎ》が、月明かりを受けて、まるで鬼火のようにちりちりと妖しく光っている。

白絹の寝巻姿のまま、加代《かよ》は縁側に座り、空ろな思いで庭の景色に眺め入った。

頭の中は茫としている。何も考えられない、考えたくない。いっそ、このまま鬼火に燃やされてしまいたい。

不意に、静けさを乱すように、背後の襖戸の向こうから獣のような鼾《いびき》が聞こえてきた。たおやかな夜の気配が、たちまち掻き乱されてゆく。

我に返って、加代は女陰《ほと》がひりひりと痛むのを感じた。裾から指を差し入れると、指先にとろりとした精汁が付き、それに薄く朱が混ざっている。思わず涙がこみ上げてきた。

いったい、今までどれほど惨めさに唇を噛み締めてきただろう。そして、これからどれほどこの思いを繰り返さなければならないのだろう。

加代は虚しく夜空を見上げる。

しんと心が冷えてゆく。

月だけが、ひっそりと加代を見ている。


江戸五番町にある火付盗賊改《ひつけとうぞくあらため》、青山主膳《あおやましゅぜん》の屋敷に上がったのは半年前、加代が十七歳になったばかりの頃である。

表向きは行儀見習いということであったが、しばらくして主膳から寝所に呼ばれた。それがどのような意味を持つか、まだ男を知らぬ加代にもわかっていた。

下級武士の娘である加代は、主である主膳の言葉に逆らうなどできるはずもない。拒めば、無慈悲な主膳は、父にもひどい仕打ちをするだろう。そして、実のところ、父や母が、加代に主膳の手が付くのを期待しているのも知っていた。家にはまだ年端もいかぬ弟と妹がいる。生活は貧しく、母の縫い物の内職でようやっと成り立っている。加代が主膳に気に入られ、もし子を産むようなことがあれば、父もまた重要な役職に引き立てられるだろう。父や母にその目論見があったとしても不思議ではなかった。

恨むなどできるはずもない。それでも、両親に見捨てられたような気がして、加代は寂しさを拭えずにいた。

主膳は好色《こうしょく》だった。正妻の他にすでにふたりの妾を屋敷に住まわせ、外にも女を囲っていた。また、床の中でも身勝手な男であった。初めての床入りの時、ただただ身を固くする加代に思いやりなどかけらもみせず、強引に膝を割り、男根を突き立てた。

痛みに顔をゆがめ、声を押し殺し、加代はひたすら耐えるだけだった。

今夜もまた、まだ滑液も染み出さないというのに、主膳は自分本位の交わりをした。加代にとって床入りは苦痛でしかない。いつも、主膳が果てるのを待つだけである。

加代は孤独だった。

庭に咲く花を眺め、月を愛でて、毎日を離々たる思いで過ごしていた。


「お加代さま、風が冷とうございます。そんなところにいらっしゃると風邪をひいてしまいます」

その声に加代は顔を向けた。

「ああ、菊《きく》」

「どうぞ、お部屋へ」

いいえ、と、加代は首を振る。主膳の眠る寝間になど戻りたくもない。

「もうしばらくここにいます」

菊は困惑したように「では、これを」と、自分が着ていた羽織を脱ぎ、加代の肩に静かに掛けた。

「粗末なもので申し訳ありません」

「おまえこそ寒いでしょう」

「いいえ、わたしは平気でございます」

「風邪などひいたって構やしないの。いっそ、重い病にでも罹《かか》って死んでしまいたいくらい……」

「お加代さま、そんな悲しいことをおっしゃらないでくださいませ」

菊の声が翳《かげ》り、今にも泣きだしそうな顔をする。

菊は、三月ほど前、加代の身の回りの世話をする女中として部屋に付けられた。まだ十四歳だが、行儀作法もよく、利発であり、愛嬌もあった。顔を合わせた時から、加代は気に入っていた。

「でも、あなたも、いつかはわたしの元から去ってゆくのでしょう……」

加代は呟く。行儀見習いの奉公は、長くて二年、早ければ一年足らずで屋敷を辞し、家に戻って嫁いでゆくのが慣わしである。

菊の前に仕えていた女中もそうだった。「縁談がまとまりまして」と、頬を染めて報告する女中に、おめでとう、と祝いの言葉を口にしながらも、加代は取り残されてゆく寂しさを噛み締めていた。自分には、もう決して手が届くことのない幸福を見せ付けられている気がして心が塞いだ。

「いいえ、帰るところなどどこにもありません」

打ちひしがれたように菊が膝に目を落とす。加代は改めて顔を向けた。

「帰るところがない？　それはどうして」

菊は俯いたまま黙っている。

「菊？」

「お話しすれば、きっとお加代さまは、わたしをお嫌いになってしまわれます」

うなだれたまま、菊がか細く答える。仕えるようになってから、菊の生い立ちに触れるのは初めてだった。

「そんなことはありません。菊を嫌いになったりするはずがないじゃないの。何でも話してちょうだい」

やがて、ためらいながらも、菊は口を開いた。

「わたしの父は、千住小塚原《こづかっぱら》で磔《はりつけ》の刑に処せられました」

「えっ」

加代は驚きのあまり声を上げた。

「盗賊だったのでございます。母も父を匿《かくま》った咎で命を断たれました。本来ならば悪党の血が流れたわたしも死罪になるはずでしたが、まだ幼いということで刑を免れ、こちらに下女として奉公するようになったのです」

「そうだったの……」

「最初は水仕《みずし》奉公として台所で働くはずでした。ところが、奥方さまの命で、こうしてお加代さまのお世話をさせていただくことになりました」

主膳の正妻もまた、強欲で無慈悲で嫉妬深い女だった。主膳の寵愛が加代に向けられていることへの嫌がらせもあるのだろう、名のある商家の娘など付けるものか、罪人の娘で十分だ、との思いがあったに違いない。

「ですから、帰るところなどどこにもないのです。どうか、このまま一生、お加代さまにお仕えさせてくださいませ」

菊は瞼《まぶた》の縁にうっすら涙を滲ませている。

菊もまた自分と同じく、どこにも行けない定めを背負っているのか――。

「ええ、ええ、いつまでもそばにいてちょうだい。ここでずっとわたしと一緒に暮らしましょう」

「もったいないお言葉、嬉しゅうございます」

菊は涙を拭い、幼さの残る笑みを返した。


それから菊は、身の回りの世話ばかりでなく、加代のいちばんの話し相手となった。時には双六やあやとり、きしゃごはじきなど、童女に戻ったように戯《たわむ》れた。

この牢獄のような屋敷の中で、心を許せるのは菊だけだった。菊と過ごしている間だけが、加代にとって心の底から寛げる時であり、たったひとつの救いでもあった。


萩の花もすっかり散った頃、前触れもなく主膳が寝所に現れた。

月のものが始まったと告げると、主膳はひどく不機嫌になり、口取りを強要した。男根を含まされ、舌で舐め回すよう指示され、やがて熱くほとばしった精汁が口に溢れ出た。えずくのをこらえながら呑み込むと、主膳は満足そうに「滋養があるのだから有難く思え」と、にやりと笑い、部屋を出て行った。

加代は厠《かわや》に駆け込んだ。臓《ぞう》に流れ込んだものをすべて吐き出したが、それでも自分がひどく穢《けが》れてしまったような気がした。

「お加代さま、お加代さま」

戸の向こうから、菊の声が聞こえる。

「いかがなさいました」

「いえ、大丈夫……」

答えてから、加代は自身をかき抱いた。

この身をどうにか清めたい――。

「菊、今から井戸の水を浴びます」

「え……」

厠から出ると、菊が目をしばたたかせながら待っていた。

「お加代さま、もう風は冷とうございます。そんなことをなさってはお身体に障ります」

「構いません」

加代は庭に下り、裸足のまま、庭伝いに井戸へと向かった。菊が慌てて追いかけてくる。屋敷の北側、土蔵の裏手に井戸はある。その前に立つと、加代はつるべを落とし、水を汲み上げた。桶を手にし、片膝を付き、迷うことなく肩から一気にかける。

ざざっ、と、飛び散る水の音が夜の静けさの中に響き渡った。

「お加代さま……」

菊は地面に座り込み、ただ呆然と加代を見ている。

痺れるような冷たさが全身を包んだ。己の立場はわかっている。我慢しなければ、父も母も幼い弟妹たちも路頭に迷うことになる。これが孝行なのだ。これが務めというものなのだ。そう自分に言い聞かせながら、加代は何度も何度も水を浴び続けた。

部屋に戻ると、身体の芯がすっかり冷えて、震えが止まらなくなった。

布団に入っても、奥歯がかちかちと音をたてている。指先は凍ったかのように痺れ、頭は朦朧《もうろう》とした。

このまま死んでしまうのかもしれない。

加代は薄れゆく意識の中で考えた。

だったらそれでいいではないか。心穏やかに過ごせる場所など、どこにもない。このまま冥土に行けるなら、それは仏様の思し召しに違いない。

その時、ふと、温もりを感じた。その温もりは、真綿のように加代を包み込んでゆく。心地よさと安らかさに、固く強張った身体と心がほぐれてゆくようだった。温もりに身を委ねるうちに、加代はいつしか眠りにおちていった。

明け方、目を覚ますと、傍らに菊の姿があった。

菊は一糸まとわぬ姿で、加代にぴたりと寄り添っていた。ああ、そうだったのか。加代は合点する。昨夜の温もりは菊のものであったのか。冷え切ったわたしの身体をこうして温めてくれたのか。

加代は菊の肩先に触れた。柔らかく、湿り気を帯びた肌の感触が指先に伝わってくる。間近に見るまだ無邪気さの残った顔は愛らしく、薄く開いた唇からは果実に似た甘い息が吐き出されている。

「菊……」と、加代は小さく呼び掛けた。

菊は目を覚まし、加代と目が合ったとたん眸《ひとみ》を見開き、慌てて布団から飛び出した。

「申し訳ございません」

裸のまま、菊は畳に額を擦り付けた。

「わたしのような卑しい身分の者が、とんでもないことをしてしまいました。どうかどうかお許しくださいませ」

小さな身体をますます小さく縮ませている。

「どうして謝るのです。わたしを温めてくれたのでしょう。お礼を言わなければならないのはわたしの方です。ありがとう、菊」

「もったいないお言葉でございます」

「昨夜は、このまま死んでしまいたいと思っていました。いいえ、本当に死んでいたかもしれません。おまえのおかげで命拾いをしました。菊は命の恩人ね。一生、忘れません」

笑いかけると、菊はようやく安堵《あんど》したのか、はにかむように頬を染めた。

庭のもみじの葉先が色づき始めている。澄んだ空には鰯雲《いわしぐも》の斑紋がさざなみのように広がっている。

その日、加代は宿下がりを許されていた。

昼九つ過ぎには女中をひとり伴い、いそいそと駕籠《かご》に乗った。菊を伴いたかったが、屋敷を出ることは許されなかった。罪人の娘であるため、逃亡を図るのではないかと懸念されたのかもしれない。

それでも、久しぶりの家族との再会に、加代の心は弾んでいた。

土産の菓子を携えて、懐かしい家の戸を開けると、父と母、そしてまだ幼い弟妹のはしゃいだ声に出迎えられた。加代も娘に戻ったような嬉しさに包まれた。

しかし、菓子を食べ終える頃になると、父と母は表情を翳らせ始めた。父は、配された役職に対する不満を口にし、母は給金の少なさをぼやいた。やがて「まだ子は授からぬのか」と責め立てるように言い出した。「おまえの心掛けが悪いのではないか」「もっと殿様に可愛がられるように努力をしなければ」と、膝を詰め寄せて来た。

加代はうなだれるしかなかった。

「わかっておるだろう、おまえだけが頼りなのだ」

暮れ六つまでに戻ればよいと言われていたが、どうにもいたたまれず、八つ半には帰り支度を整えた。すでに実家さえ心休まる場所でなくなったことを、痛感するばかりだった。


消沈した思いで屋敷に戻り、部屋に入ったとたん、目の前に広がる光景に加代は立ち尽くした。

主膳が菊を組み敷いていた。菊は泣きながら「お許しを、お許しを」と、必死に抵抗している。怒りと憎しみが沸き上がり、全身がかっと熱くなった。

加代は声を高めた。

「殿さま、お戯れはおやめくださいませ」

主膳は動きを止め、ゆっくりと振り返った。

「何だ、加代ではないか。ずいぶん早かったのだな」

主膳の腕が緩み、その隙を見て、菊が裾を乱したまま加代の背後に逃げ込んできた。うずくまる身体はがたがたと震えている。

加代は自分を落ち着かせるようひとつ大きく息を吐き、着物の裾をきっちりと捌《さば》いて、畳に座った。

「殿さま、菊はまだ何も知らぬ子供でございます。ご冗談にしても、どうかご容赦くださいませ」

「わかっておる。ちょいとからかってみただけだ。こんな盗賊の娘に誰が本気で手を付けるものか」

主膳は高笑いすると、袷《あわせ》を直し、気まずさを不遜《ふそん》さにすりかえて、ぷいと部屋を出て行った。

その足音が遠のいてから、加代は菊を振り返った。

「怖かったでしょう。菊、ごめんなさいね。まさか、わたしのいない間に、殿さまがこんな無体なことをするなんて考えもしませんでした」

菊はまだ震える身体で「申し訳ございません」と、畳に額を擦り付けた。

「なぜ謝るのです。そなたが悪いのではありません。からかったなどと仰っていましたが、嘘に決まっています。あのお方には人の心というものがないのです。それは、わたしがこの屋敷に上がった時からわかっていました。わたしは定めと受け入れていますが、まさか菊にまであのような仕打ちをするとは……」

女中の中には、主膳の手が付くのを待っている女もいる。気に入られればそれなりの贅沢を与えられるのを期待してのことだ。しかし、菊にそんな望みなどあるはずもない。決して口にはしないが、菊にとって主膳はいわば両親の仇《かたき》である。盗賊として裁かれたのは仕方ないにしても、そんな男に肌を許すはずがないではないか。

「もう決して、殿さまにあんなことはさせません。何があっても、菊はわたしが守ります」

「もったいないお言葉でございます」

「約束したでしょう、ずっと一緒に暮らしましょうって。血の繋がりはなくとも、菊はもう、わたしにとって妹のようなものなのだから」

大切な菊を主膳になど穢されてたまるものか――。

加代は奥歯を嚙み締めながら、まだ震える菊の手を握り締めた。

八百万《やおよろず》の神々が出雲に旅立つ神無月。

夕刻から北からの風が吹き、夜になって一気に冷え込んだ。

加代は寒さに目覚めた。指先と足先が冷たい。夜具を目元まで引き上げても、すぅすぅとどこからか冷気が忍び込んで来る。布団の中で身を縮こまらせていると、気配を感じたのか、控えの間から菊の声がした。

「お加代さま、たんぽをご用意いたしましょうか。今夜は冷え込みがきつうございます」

しかし、今から湯を用意させるのは気がひけた。台所はすでに火を落としているだろう。

「いいえ」と言ってから、加代は言葉を掛けた。

「ねえ、菊。この間のように、また私と一緒に床に入ってくれませんか。菊と寄り添っていれば身体も温まりましょう」

「え……」

「いや？」

少し間があって、菊は答えた。

「とんでもない、わたしでお役に立てるなら喜んで」

「じゃあ、こっちにいらっしゃい」

そろそろと襖が開き、恥らうように菊が姿を見せた。加代が軽く布団の端を持ち上げると、長襦袢姿のまますするりと中に入って来た。

加代は菊の身体を抱き締めた。

「ああ、温かい」

この温もりだと思う。この温もりを傍に感じていられるだけで、心から安堵する。

主膳の横暴も、父や母の重圧も忘れられる。

気がつくと、菊が泣いていた。

「どうしたの」

加代は驚いて尋ねた。

「お加代さまとこうして身を寄せ合ってひとつの床にいられるなんて、まるで夢のようでございます」

菊の黒々と濡れた眸が、まっすぐに加代を見つめている。

「菊……」

熱いものが、胸の中を満たしていった。それは今まで感じたことのない愛しさだった。

衝動に突き動かされるように、加代は菊の小さな唇に自分の唇を重ねた。

「わたしもよ、菊。わたしも夢のよう」

「お加代さま……」

「菊」


その夜からである。加代は毎夜のように菊を床に呼び寄せるようになった。菊もまた、待ち焦がれていたかのように身を滑り込ませてくる。

最初、重ねるだけであった唇は、いつしか深く吸い合い、舌をからめあうようになっていた。寝巻の八つ口から手を入れ、加代は菊の乳房に触れる。まだ膨らみの薄い、乳固ささえ残る乳房は、加代の手のひらにすっぽりと埋まる。そっと指を動かすと、乳首が小さな蕾《つぼみ》のようにぴんと尖る。

菊もまた加代の乳房に触れる。そして、まるで乳飲み子のように乳首を吸う。母への恋慕があるのかもしれない。そう思ったとたん、加代はますます菊が愛おしくてたまらなくなる。菊の柔らかく、ぎこちないながらもその舌先の動きに、全身に痺れるような快感が広がって、加代はうっとりと目を閉じる。


「女中たちの間で、妙な噂が立っているようだな」

布団にごろりと横になった主膳が、枕元に座る加代に目を据えた。

「何のお話でございましょうか」

外では木枯らしが吹いている。

「毎夜、菊を寝間に呼び寄せているそうではないか」

加代は膝に載せた手をぎゅっと握り締めた。何と答えていいかわからない。女中たちに気づかれないよう気を使っていたつもりだが、何かしら感づく者がいたのかもしれない。

「それはまことか」

主膳が答えを急かした。

「時折、そうすることもございます……」

口籠もりながら答えると、主膳は訝《いぶか》しげな目を向けた。

「一緒に床に入って、何をしておる」

その声には疑念の気配が滲んでいる。

「何も……、ただ、寄り添って眠るだけでございます」

「喘《あえ》ぎ声を聞いたという女中もいるようだ。おまえたち、まさか合淫などと――」

加代は、その時ばかりはまっすぐに顔を向けた。

「とんでもないことでございます。そのような悪意に満ちたでたらめを、いったい誰が申しているのでしょう。確かに、わたしは菊を床に呼ぶことがあります。けれども、それは寂しいからでございます。殿さまのおいでになるのが遠のくと、ひとりで過ごす夜がつらくて、眠ることさえできなくなるのです。菊を話相手にして、その寂しさを紛らわせているのです。菊はわたしにとっては妹のようなもの。殿さまが、もっと頻繁においでくだされば、わたしとて、菊を呼び寄せるようなことはいたしません」

すぐに主膳の相好が崩れ、声がほどけていった。

「そうであったか。寂しいとは意外だった。加代は情の薄い女と思っていたが、それほどわしの訪れを心待ちにしておったとはな」

「いつもいつも、心からお待ちしております」

言ってから、自分の言葉に加代は臍を噛む。

菊は、常に隣接した控えの間にいる。きっとこの会話も聞いているだろう。

「さあ、こっちに来い」

主膳は布団に加代を呼び寄せた。

はい、と頷き、加代は主膳の傍らに横になる。主膳が加代の身体を引き寄せ、臭気のする息を吐き出しながら、唇を吸う。片手で加代の紐を解き、ごつごつした指で乳を摑む。脚を開かせ、女陰の中を指で乱暴に掻き回す。痛みに歪みそうになる顔を、加代は必死に取り繕う。

菊、菊、今この瞬間に、わたしが何を考えているか、わかってくれているでしょう。菊、菊、愛しいのはおまえだけ。

やがて、主膳の身体が覆いかぶさり、男根を突き立てられた。加代は苦痛の呻きをよがり声に変え、早く果ててくれることだけを祈りながら、必死に歓びを演じた。

加代と菊は、床の中で過ごすふたりの時間を深めていった。

愛撫はそれぞれの女陰にまで及ぶようになっていた。主膳とはまったく異なる、菊のたおやかで繊細な指が、陰核や子壺《こつぼ》に触れると、そこが熱を持ったように熱くなり、奥深くから愛液がしとどに溢れてくる。やがて狂おしいほどの快感が全身に広がってゆく。

ああ……。

我を忘れて、思わず声を上げそうになるのを、加代は必死に押しとどめる。誰に聞かれぬとも限らない。これ以上、口さがない女中たちの噂になりたくない。

そして加代は、菊にも同様にする。菊はその小さな身体を震わせ、背をのけぞらせ、熱い津液《しんえき》を流し、やがて足の指を内側にきゅっと丸める。達しているのが、加代には手に取るようにわかる。

同じだけの快感。同じだけの恍惚。わたしたちの身体はひとつになる。

うっすらと汗ばんだ肌を密着させながら、しばらく余韻に浸ったあと、加代はため息まじりに呟いた。

「近頃、殿さまのお出ましが多くなって、菊とこうして過ごす機会が少なくなり、残念でなりません」

あの時の加代の言葉にすっかり気を良くした主膳は、ここのところ三日に一度は訪れるようになっていた。

「わたしも……」

菊がくぐもった声で答える。その声にどこか躊躇《ためら》いのようなものが含まれているのに、加代は気づいた。

「どうしたのです、何かありましたか？」

菊はしばらく間を置いた。

「菊？」

「お加代さまがお殿さまとお過ごしの間、菊はいつも控えの間におります。おふたりの様子が手に取るようにわかります。先日、お加代さまはお殿様のおいでが間遠でお寂しいとおっしゃっておいででした。わかっております。それはお殿様のお気持ちを鎮めるためだと。けれども近くでお加代さまの声を聞いていると、わたしなどより、やはりお殿さまとの方がずっと心地よくお過ごしになられているのでは、と、胸が苦しくてたまらなくなるのです」

「何を馬鹿なことを」

加代は菊のほつれた髪をそっと掻き上げた。

「あんなのは口から出まかせに決まっているじゃないの。声を上げるのも、そうすると早くお帰りになられるから、わざとしているのです」

「でも、時々、思うのです。もし、わたしにもお殿さまのような男根があったらと……」

菊が羞恥に満ちた声で呟く。加代は強く首を振った。

「何を言うのです。男根などいりません。あんなもの、奇怪で厭わしいだけ。時に、女たちが男の代わりに張形を使う話は聞いたことがあります。でも、わたしにはどうにも解せません。そんなものを使う女は、女は男としか交われないと思い込んでいるのです」

それよりも……、と、加代は声を濁らせた。

「わたしの方が不安でなりません。菊はまだ男を知らない。もし知る時がくれば、やはり世の中の女のように、男の方がよいと思うようになるかもしれない。それを考えると、今から嫉妬に胸が燃やされてしまいそうになるのです」

菊は目を見開いた。

「いいえ、決してそのようなことはありません。男など知りたくもありません。お加代さまとこうして過ごせて、菊は生まれて初めて幸福というものを味わっています。

生涯、お加代さまにお仕えさせていただきます。お加代さまは菊の命なのです」

「うれしい……」

加代は菊の肩を抱き寄せる。

「菊、おまえこそ、わたしの命……」

菊の身体はわたしの身体、菊の心はわたしの心、菊はわたしそのもの。

わたしたちはもう離れない、離れられない。

外では今宵もまた、木枯らしが吹き荒れている。


霜月が過ぎ、師走に入った。

十三日には煤掃《すすはき》が行われ、正月を迎える準備が始まった。松迎えに餅つき、祝い膳の下ごしらえと、女中たちは屋敷中を慌しく駆け回っている。

加代は奥方からさまざまな用事を言いつけられた。掛け軸を替え、花器を用意し、重箱を整える。時に、蔵の中に来客用の皿や椀を取りに行かされた。

それが人手が足りないせいばかりでないのはわかっている。奥方は、このところ主膳が足繁く加代の部屋に通っていることに、たいそう心を乱していた。すでに家督を継ぐ跡取り息子を産んでいるにもかかわらず、加代に子が授かるのを極端に怖れているのだ。

しかし、加代にとって働くのは少しも苦ではなかった。下級武士の娘である加代は、もともと身体を動かすことが好きだったし、何より菊と一緒にいられるのであれば、どんな厄介な用事も楽しみに変えられた。

やがて華々しく正月が訪れた。客も多く、屋敷は賑やかさに包まれた。それは松の内を過ぎても同じで、なかなか正月気分が抜けなかった。いつもの落ち着きを取り戻したのは、一月も半ばになった頃である。そして今度は、奥方から膳具の片付けを命ぜられた。

加代と菊は、言い付け通り洗い清められた皿や椀をそれぞれの箱に納めていった。

その間中、話が弾む。羽根つきや手鞠、かるたで遊んだこと、近所の子供の揚げた凧が屋敷の屋根に引っ掛かり、取るのに用人たちが往生したこと、祝いの膳で、主膳の姿が芋を転がしてしまったこと。そんな出来事を思い出しながら、ふたりでくすくすと笑い合った。

「さあ、このお皿を早く片付けて、双六をやりましょう」

「はい、たとえお加代さまでも、菊は負けません」

「あら、言ったわね、わたしだって」

そんなやりとりをしながら、加代は柔布《やわぬの》で拭いた小皿を菊に手渡した。十枚揃えの中の一枚である。その時だった。つるりと手が滑り、小皿を取り落とした。

あっ、と、声を上げたがもう遅い。畳に落ちた小皿はまっぷたつに割れていた。

加代は頬を強張らせた。菊もまた顔色を失っている。

「ああ、なんてことを……」

菊が、慄きながら畳に突っ伏した。

「申し訳ございません。わたしがしっかりと受け取らなかったからです。取り返しのつかないことをしでかしてしまいました」

「いいえ、菊のせいではありません。これはわたしのあやまちです」

加代は恐る恐る割れた小皿を手にした。繋ぎ合わせてみたものの、元に戻るはずもない。奥方の怒りの顔が浮かび、身が竦《すく》んだ。しかし隠しおおせることではないともわかっていた。すぐに覚悟を決めた。

「こうなった以上、奥方さまにお許しを請いに参るしかありません」

「お加代さま……」

「大丈夫、厳しいお叱りを受けるでしょうが、何も皿一枚で命まで取られることはないでしょう」

菊を慰めるように笑いかけ、加代は割れた小皿を手にして立ち上がった。


「何としたこと、この皿を何と心得る。当家秘蔵の皿であるぞ。それを割っただと」

奥方は目を吊り上げ、厳しい口調で叫んだ。

加代は額を畳に付け、ひれ伏した。

「申し訳ございません」

「いいや、容赦できぬ。おまえはどのようにして罪を償うつもりか。殿に媚びて寵愛を賜っていることに増長したのだな。それとも、片づけを命じたわたしへの当て付けか」

「決して、そのようなことは」

「このたわけ者が」

奥方は前に進み、手にしていた煙管を振り上げて、加代の額を打った。周りにいた女中たちは呆然と事の成り行きを見つめている。

こめかみの辺りから血が一筋、頬に伝わっていった。

「申し訳ございません、申し訳ございません」

加代はただ必死に謝るしかない。

「おまえのような卑しい下級武士の娘ごときになめられてたまるかっ」

奥方の怒りは、嫉妬と相まって、その形相はまるで般若のようである。

たまりかねたように、加代の後方に控えていた菊が声を上げた。

「奥方さま、どうかお許しくださいませ。割ったのはわたしでございます」

「菊、おまえは黙っていなさい」

加代が制す。

「いいえ、お加代さまはわたしを庇《かば》っておられるのです。どうぞ、罰ならわたしになさってくださいませ」

奥方はきっとばかり菊に目をやった。

「下女のくせに何と生意気な、わたしに歯向かおうというのか。たとえ、おまえの仕業であろうと、部屋付きの女中の粗相である以上、加代が責めを負うのは当然であろう」

奥方の声が甲高く響き渡る。

その時、襖が開いた。顔を出したのは主膳である。

「いったい何を騒いでおる。書斎にまで聞こえておるぞ」

奥方はここぞとばかり、主膳に向かって割れた皿を差し出した。

「加代が家宝の皿を割ったのでございます。ほら、この有様」

主膳は表情を変えた。

「なんとしたこと、まことか、加代」

「申し訳ございません」

「いいえ、お殿さま、割ったのはわたしでございます」

菊の訴えに、主膳は目を向けた。

「おまえが？」

「はい。わたしの不注意で、とんでもないことをしでかしてしまいました。どんな罰をも受ける覚悟でございます」

遮ったのは奥方だ。

「いいえ、加代です。咎はすべて加代にあります」

主膳が困惑している。

「しかし、自分がやったと、菊が言っておるではないか」

「加代は、すべての罪を菊に押し付けようとしているのです。可愛い顔をして、実のところは腹汚い女、わたしは最初からわかっておりました。どうぞ、加代にきつい仕置きをしてくださいませ」

しかし主膳は、聞こえぬふりをして、ひれ伏す菊を見下ろした。

「罪人の娘であるおまえに、情けをかけて下女として召し抱えた恩も忘れて、家宝の皿を割るとは何事か。恩を仇で返すとはまさにこのことだ。その性根を叩きなおしてやる」

「お許しくださいませ」

菊は許しを請う。

「いいや、容赦いたしかねる。源義経公の掟に『江南の梅花は一枝を折らば一指を断つべし』とある。梅の枝さえそうなのだ。家宝の皿を一枚欠かした咎で、そなたの指を一本切り落とす」

主膳は懐から小刀を取り出すと、菊の前へと進んで行った。

「周りの者、菊を取り押さえろ」

女中たちが恐れおののきながら、菊の身体を押さえ付けた。

加代は色を失い、叫んだ。

「お殿さま、どうかおやめくださいませ。罰ならわたしに。どうかお許しくださいませ」

しかし、耳を貸そうともせず、主膳は菊の右の中指にざっくりと刃を入れた。

畳に血が溢れ出る。畳の上に指がころがってゆく。菊は顔をゆがめ、短く叫び声を上げたが、しかしそれ以上、泣きも喚きもしなかった。

「なるほど、さすが罪人の娘、ふてぶてしいものよの」

主膳は眉を顰めた。

「もう、よい。ふたりとも下がれ」

しかし、それだけでは奥方は我慢ならなかったようである。

「いいえ、これくらいでは足りませぬ。もっと折檻しないと反省もしないでしょう。殿、後はわたしにお任せください。菊をたっぷりとこらしめてやります」

主膳は困惑しながらも、奥方の強い言葉にやがてたじろぐように頷いた。

「そうか。では、後は任すとしよう」

「承知しました。菊を小部屋に連れてゆきなさい」

主膳が部屋を出て行く。加代は奥方に取りすがった。

「奥方さま、お許しを、どうかお許しを」

しかし、奥方は邪険に加代の手をふりほどいた。

「殿は騙せても、わたしには通用せぬわ。真相を聞きだすまで、菊はおまえの元には返さない。おまえの本性を暴き出してやる」


あれから二日がたった。

菊はまだ部屋に戻らない。口止めされているのか、女中は一様に口を閉ざしている。まだ閉じ込められているのか。折檻は続いているのか。指の傷は痛まぬか。菊を思うと、千代の心は乱れ、夜も眠れず過ごした。

そして三日目。

部屋に食事を運んできた女中に、たまらぬ思いで菊の状況を尋ねた。

「菊はどうしているの、怪我の具合はどうなの。何か知っていることがあるなら教えてちょうだい、後生だから」

その切羽詰まった問い掛けに、さすがに女中も心苦しくなったのだろう。

「あの……、私が言ったことを、奥方さまには内密にしていただけますか」

加代に同情の念を抱いたようである。

「もちろんです、決して言いません。それで菊は？」

「実は、あれから更に、奥方さまからきつい折檻を受けたようでございます。奥方さまは、皿を割ったのは菊さんではなく、お加代さまだと言わせたかったのでございましょう。けれども、菊さんは最後まで認めず、自分がやったと言い張りました。それでますます奥方さまはお怒りになられ、なおいっそう厳しい折檻が続き、耐え切れなくなった菊さんは、隙を見て庭に飛び出し、そして……」

そこまで言って、女中は目を伏せ、口籠もった。

「そして、どうしたのです」

加代は声を震わせた。

「……井戸に身を投げたそうでございます」

加代は言葉を失って、その場に立ち尽くした。

「まさか、まさかそんな……」

菊が井戸に身を投げた――。

加代はその場に泣き崩れた。

そなたはそこまでしてわたしを庇ってくれたのか。命に代えてわたしを守ってくれたのか。どんなに痛かったろう、どんなに苦しかったろう、どんなに悔しかったろう。

菊、菊……。


その夜、主膳が寝所にやって来た。

愛しい菊を失い、茫然自失でいる加代はただ力なく身を任すばかりだった。

「どうした、何をそんなに悲しんでおる。菊など、所詮、盗賊の娘ではないか。もっと先に殺されても仕方ない身の上だったのを、わしが助けてやったのだ。いわば、拾い物の命。最初から命などないも同然だったのだ。加代、そう浮かぬ顔をするな。すぐに新しい女中を付けてやる。そうだ、着物でも作ったらどうだ、きっと気も晴れる」

それから加代は毎日を無為に過ごした。

目に映るものはすべて色褪せ、耳に届くものすべてが嘆きにしか聞こえなかった。

夜も眠れず、食べたものはすぐに戻してしまう。まるで病人のように痩せ衰え、一日のほとんどを床に臥して過ごすようになっていた。

菊の幽霊が出る、と、女中から聞いたのはしばらくたってからである。

「毎夜、子の刻になると、井戸に鬼火が燃え出し、菊さんが現れるのだそうです。一枚、二枚と数え、九枚まで数えたところで『ああ、一枚足りぬ』と、すすり泣き、その指からは血がたらりたらりと流れ落ちているそうでございます……。女中たちはすっかり怯えて、誰もあの井戸には近づきません」

と、身を竦めるように言った。

たまらず、加代は部屋を飛び出した。

幽霊でもいい、菊に会いたかった。菊に謝りたかった。菊に触れたかった。

しかし、井戸を覗き込んでも、菊の姿はない。しんしんとした闇が奥深くまで広がっているばかりだ。

「菊、菊、会いたい、そなたに会いたい……。菊のいないこの世など、もう生きていとうもない。いっそ、わたしも……」

井戸の縁に手を掛けると、追って来た女中たちに引き戻された。

「お加代さま、どうかお気を確かに」

「このまま死なせて。菊のところに行かせて……」

しかし、加代は抱きかかえられるように、部屋に戻された。

そんな取り乱した様子を女中から聞いたのだろう。さすがに慌てた主膳は、翌日にはもう、加代を山寺に預ける手筈を整えた。

一枚、二枚、三枚、四枚……九枚。

ああ、一枚足りぬ……。

主膳の屋敷の井戸には、菊の怨霊が毎夜のように現れた。

皿を数えるその姿は、恐ろしく、悲しく、面差しは恨みに満ちていて、見た者は恐怖のあまり、腰を抜かして動けなくなった。

たまりかねた主膳は、井戸の周りに守り札を貼り、法印に加持祈禱をも依頼した。しかし、成仏する験《しるし》は見られなかった。

主膳の跡継ぎの息子が病に倒れ、呆気なくこの世を去ったのはまさにその時期である。あまりに突然の悲運に、奥方は常軌を逸し、気が触れてしまう。

これもすべては菊の祟り、と人々は噂した。

やがて女中たちは暇を取り、用人たちもひとりふたりと逃げ出した。武士たちさえも遠のき、仕事や用向きに支障がでるようになった。代わりの者を雇おうにも、誰もが祟りを怖れ、井戸どころか屋敷にさえ近づこうとはしなかった。

その噂は、ほどなく公儀の耳に入り、家事不取締のかどで、主膳は厳しい処分を受けることになる。瞬く間に青山家の身代は廃れていった。

月明かりを受けて、白萩の花が青白く光っている。

加代は今、強い陣痛に見舞われている。

「もう少しですよ。さあ、いきんで。もっと、いきんで」

産婆の声に加代は腹の奥に力を入れる。額から汗が滑り落ちる。咥《くわ》えた晒《さらし》をきつく嚙み締める。まるで女陰が引き裂かれるような痛みに、意識が遠のきそうになる。

懐妊したとわかったのは、山寺に預けられてからだった。菊を亡くしたと知ったその夜に子を授かるなど、何という皮肉であろう。

いちだんと痛みが激しくなって、加代は声を上げた。もうこれ以上は耐えられぬ、力も尽きた、と思ったとたん、足の間から熱い塊が這い出してきた。

あんあん、と赤子の泣き声が聞こえて来る。

しばらくして、産湯を使い、産着にくるまれた小さな子が、産婆から加代に手渡された。

「女の子でございますよ」

どういうわけか、産婆の手がひどく震えている。

加代は身体を起こし、まだ目も開かぬ我が子を抱いた。早くも子は乳を求めるように口をすぼめている。加代は襟をはだけて、乳首を含ませた。

子が吸い付く。そのぎこちない舌の動きに、加代は身体が痺れるような感覚を覚えた。それは切なく、またどこか懐かしくもあった。

その時、産着の間から小さな手が見えた。

その愛くるしい手を見た瞬間、「ああ」と、加代は声を上げた。

そうだったのね、そうだったのね……。

加代は狂おしいほどの愛しさで我が子を掻き抱いた。

この子の身体はわたしの身体。この子の心はわたしの心。この子はわたしそのもの。

「菊……」

赤子の右手中指は、節の途中から、すっぱりと切れ落ちていた。

陶酔の舌

蛇性の婬

今しがたまで晴れ渡っていた空が、東南の雲に覆われたかと思うと、俄かに雨が降りだした。

豊雄《とよお》は空を見上げ、手にしていた傘を広げた。ちょうど学問所の帰りであった。

しばらく歩いたが、雨はひどくなる一方である。いつか袴の裾も濡れ、すっかり色を変えていた。一町ばかり進んだところで、見知った家があり、豊雄は軒先から声を掛けた。

「邪魔するよ」

すぐに奥から老人が顔を出した。

「これはこれは、大宅《おおや》さまの坊ちゃんではありませんか」

「少しばかり雨宿りをさせてはもらえないかと思ってね」

「むさ苦しい所でございますが、どうぞお入りください」

そう言って、老人は塵を払った円座《わろうだ》を勧めた。

「今日もお勉強のお帰りでございますか」

「うん、まあ、そんなところだ」

豊雄は腰を下ろし、少々口籠もりながら答えた。

「ご熱心でございますねえ」

そこに皮肉が混ざっているのは、もちろん承知している。

豊雄の父、大宅竹助《たけすけ》は紀《き》の国三輪《くにみわ》が崎《さき》界隈では名の知れた網元である。漁師たちを数多く雇い、商いも順調で、豊かな暮らしぶりをしている。兄の太郎《たろう》は家業に精を出し、りっぱな跡継ぎと評判だ。姉はすでに大和の名のある家に嫁いでいる。

三人の子の中で豊雄だけが違っていた。汗水たらして働くことが苦手で、静かに歌を詠んだり学問をする方が性に合っていた。そんなひ弱い性質を両親は嘆いていたが、今はもうすっかり諦めて、豊雄の好きにさせている。

昼の月。

世間がそう呼んでいるのも、豊雄はもちろん知っていた。薄ぼんやりと頼りなく、大宅の厄介者の次男坊。当たっているだけに言い返すすべもない。

そんなことを考えながら、軒先を濡らす雨を眺めていると、不意に涼やかな女の声があった。

「申し訳ございません。ほんのしばらく軒先をお貸しいただけませんか」

板戸からそろそろと顔を覗かせた女を見て、豊雄は思わず目を瞠《みは》った。

年のころは二十歳過ぎ。豊雄より二つ、三つ上であろうか。山々の模様が描かれた遠山ずりの着物を品よく着こなし、髪のかたちもあでやかな、まことに美しい女であった。

老人が迎え入れた。

「軒先などと仰らず、さあ、どうぞ中にお入りくださいませ」

「ありがとうございます。では、お言葉に甘えて」

そろりそろりと女が入ってくる。伴の者はいない。

豊雄は女に目を奪われていた。

こんな美しい人がたったひとり、なぜこのようなところにいるのだろう。

「あの……、よろしければ、こちらに」

豊雄は浮き立つ心を抑えながら、身体をずらして席を空けた。

「お邪魔いたします」

女は豊雄と並ぶように座った。狭い家のこと、今にも袖と袖とが触れ合いそうな近さである。鬢《びん》の匂いが甘やかに鼻先をくすぐり、豊雄の心は華やいだ。

姿からして、きっと高貴な身分のお方に違いない。三つ山詣か、あるいは峰の湯へ湯治にでも来られたのか。

日頃、まともに女子と言葉を交わしたこともないような豊雄ではあるが、この時ばかりは意を決して尋ねた。

「都からおいでになられたのですか？」

女は小さく首を振った。

「いいえ、この近所に住んでおります」

豊雄は目をしばたたいた。このような美しい女が界隈に住んでいれば、とうに噂になっているはずだ。しかし、耳にしたことはない。

「今日は日がよいというので、那智にお参りいたしました」と、女は言った。

「ところが、帰りしな急に雨に降られて、慌ててこちらに駆け込んだのでございます。あなたさまが雨宿りなさっているとも知らず、失礼いたしました」

ふっと目が合い、女は優雅な仕草で目を伏せた。長い睫毛《まつげ》が頬に柔らかな影を落とす。その様子は奥ゆかしさの中にもなまめかしさがあり、豊雄の頭の中はかっと熱くなった。

もっと話したいと思うのだが、言葉がうまく見つからない。じりじりしているうちに、いつか雨は小止みになっていた。

「どうやら上がったようでございます。では、わたくしはこれで」

女が立ち上がった。名残惜しさに、豊雄は思わず「お待ちください」と、呼び止めていた。

「どうぞ、この傘をもっていらしてください。この空模様では、また降るかもしれません」

「それはあなたさまも同じこと。それでは申し訳がたちません」

「構いません。さあ、どうぞ遠慮なくお持ちください。ご近所にお住まいということでしたら、ついでの折にでもいただきにあがります。申し遅れました。私は三輪が崎の網元の息子で、大宅豊雄と申します」

女がほのかに笑った。その拍子に、形のよい唇から桃色の舌先がちらりとのぞいた。

「わたくしは、新宮《しんぐう》に居を構えております県《あがた》の真女子《まなご》と申します。ではせっかくのお心遣い、お言葉に甘えて、拝借して参ります」

けぶる雨霧の中に、その後姿が小さくなってゆく。豊雄は立ち尽くしたまま、惚けたように見送っていた。

その夜はなかなか寝付けなかった。どうにも気持ちが昂ぶってならなかった。

豊雄は布団の中で何度も寝返りを打った。ようやくとろとろと眠りに就いたのは、明け方近くにもなった頃だろうか。

豊雄は夢を見ていた。

りっぱな門構え、どっしりとした造りの屋敷、蔀《しとみ》を下ろし、簾《すだれ》を垂れ籠めた奥の座敷に真女子の姿があった。

「ようこそおいでくださいました」

真女子はその美しい顔に雅《みや》びな笑みを浮かべ、豊雄を出迎えた。そして、「傘のお礼でございます」と、酒や肴でもてなしてくれた。

美酒に酔い、真女子の美しさに浮かれ、いつか視線が絡み合い、愉悦の心地のまま、やがて豊雄は真女子と——。

そこで、はっと目が覚めた。

豊雄は思わず股ぐらに手をやった。まらがはちきれんばかりに硬くなっていた。初めての経験に、豊雄は慌てた。

豊雄はまだ女を知らない。歌を詠み、学問にいそしむばかりの晩生《おくて》であった。あるのは春本を覗き見た拙《つたな》い知識だけである。

戸惑いつつも、豊雄は宙を見据えた。

逢いたい、もう一度、あの人に逢いたい。

じっとしているうちに、逸る気持ちを抑えられなくなった。豊雄は布団をはねのけると、矢も盾もたまらず、朝餉《あさげ》すらも忘れて、家を飛び出していた。

新宮まで来て、誰かれとなく「県の真女子さまの屋敷を知らないか」と尋ねてみたが、みな首を横に振るばかりである。

豊雄は町の中を歩き続けた。路地を抜け、小道を進み、見過ごしたかもしれないと、また来た道を引き返した。

そうやって何度も町中を回ったが、とうに昼を過ぎた時刻になっても、真女子の屋敷は見つからなかった。

町はずれの松の木立の根元に腰を下ろし、豊雄はため息をつく。

どうしてもっと詳しく道筋を聞いておかなかったのだろう。それが悔やまれてならなかった。もう、二度とあの人とは逢えないのだろうか。

その時である。ふと、木立の向こう、海沿いに建つ屋敷に目が行った。

確か、先程前を通り過ぎたはずだ。その時は、屋根の瓦も落ちた荒れ果てた館ではなかったか。

しかし、そこに建っているのはりっぱな門構えの屋敷である。

あれは——。

と、豊雄は立ち上がった。

あの門には見覚えがある。今朝方夢に見た、真女子の屋敷の門ではないか。

まさかと思いつつ、駆け寄って行くと、まさしくそれは同じ門であった。中を覗くと、屋敷もまた夢に出て来たと同じ造りである。その奥に見える、下ろした蔀も垂れた簾も、夢と寸分たがわない。

これはいったい——。

驚きつつ立ち尽くしていると、やがて蔀の奥から真女子が姿を現した。

あっ。

豊雄は喉の奥で声を上げた。

「まあ、よくいらしてくださいました」

豊雄は顔が上気した。昨日より、今朝方の夢より、目の前の真女子ははるかに美しく、あでやかである。豊雄はあたふたしながら答えた。

「不躾にお訪ねして申し訳ありません。実は、たまたまこの近くに用事がありまして、ついでのことですので傘をいただいて帰ろうかと思い立った次第です。これでお住いもわかりましたので、今度また改めて参ります」

言い訳を並べ、立ち去ろうとしたのだが「そのようなことを仰らず、どうぞお入りください」と、真女子は引き止めた。

「どういうわけか、きっと今日おいでくださるに違いないと思えて、朝から心待ちにしておりました」

そうまで言われて、断れるはずがない。豊雄は勧められるまま表座敷へ上がった。座敷の板敷きには床畳《とこだたみ》が設けられていた。几帳や御厨子《みずし》飾り、壁代《かべしろ》の紋様など、どれもこれも由緒のあるものばかりである。やはり、真女子はかなりの身分のお方なのだろう。

「昨日の豊雄さまのお情けを忘れられずにおりました。大したおもてなしもできませんが、どうぞ粗酒など召し上がっていってくださいませ」

真女子自ら、豊雄の前に、酒や山海の馳走が盛られた器を並べてゆく。

これもまた、今朝方の夢と同じであった。

こんな不思議なことがあるものだろうか——。

「さあ、どうぞ」

真女子の酌を受け、豊雄はおずおずと杯を口に運んだ。

「お口に合うとよろしいのですが」

「ああ、旨い。今まで飲んだこともないような味わいです。しかし、このような美酒を私ばかりが飲んでいては気が引けます。真女子さまもいかがですか」

「では、少しだけお相伴にあずかりましょう」

今度は豊雄が真女子に酌をした。そうやって、互いに酌をし合い、いつしか杯は重なっていった。

自分はまだ夢を見ているのかもしれない、と、豊雄は思った。目の前に、酒にほんのりと目元を染めた真女子がいる。その佇まいは、まるで桜が水面に映っているように麗しい。

酔いが回ったせいもあるのだろう、やがて真女子はぽつりぽつりと身の上を語り始めた。

「わたくしは、もともと都の生まれでございました。三年前、縁あってこの地の国守の下役、県に娶られたのです。けれどもこの春、夫は病で呆気なく他界いたしました。わたくしは幼い頃に両親も亡くしており、今はもう、誰ひとり頼れる者のない寂しい身。それゆえ、昨日の豊雄さまの優しさに触れ、どれほど嬉しかったことでしょう」

「傘をたった一本、お貸ししただけではありませんか」

「その一本の傘に、豊雄さまのお心がこもっておりました」

春風に吹かれるような面映い思いが、豊雄の胸の中に広がってゆく。

真女子が酔いに潤んだ眼差しを向けた。

「このような古歌があるのをご存知でしょうか。胸の思いを恥ずかしいことだと打ち明けず、焦がれたままに死んでしまったら、周りの者は神様の祟りと誤解してしまいましょう。それでは神様に罪を押し付けることになり、申し訳がたちません」

「ああ、なるほど。確かにそうだ」

真女子は小さく頷き、それから恥じ入るように自分の手元に視線を滑らせ、袖口で顔をそっと隠した。

「ですから、思い切って申し上げてしまいましょう。昨日の雨宿りの際、豊雄さまをひと目見た時から、わたくしの心はあなたに奪われてしまいました」

思いもかけぬ告白に、豊雄は我を失いそうになった。

「そ、それは本当でございますか」

顔を隠したまま、真女子は頷く。

「わたくしのような、夫を亡くした年上の女に、このようなことを告げられてもお困りになられるのは、じゅうじゅう承知しております」

「困るなんて、そんなわけはありません」

むきになって豊雄は答えた。

「そのお言葉、真に受けてよろしいのでしょうか」

「もちろんです」

真女子は袖をわずかに下ろし、顔を少し覗かせた。

「では、これから、こうしてわたくしのところにお通いくださいますか」

豊雄は目をしばたたいた。

そこまで真女子は私に思いを寄せてくれたのか。まだ、たった一度しか逢ったことがないというのに。

むろん、豊雄も同じ思いである。ひと目で真女子の虜となった。その真女子と逢瀬を重ねられるようになるなど夢のようだ。

しかし……。

豊雄は返す言葉を飲み込んだ。

自分は昼の月。今も親がかりの身の上でしかない。真女子の思いは心底嬉しいが、何の力もない自分が、真女子とそのような仲になるなど、あまりに身の程知らずではないか。

黙ったままでいる豊雄に、真女子は表情を曇らせ、首を垂れた。

「酔いに任せてとはいえ、浅はかなことを口にしてしまいました。どうぞ愚かな女の戯言と、すべてお聞き流しくださいませ」

「違うのです」

豊雄は声を高めた。

「真女子さまのようなお方から、そんな言葉を聞けるなんて天にも昇る思いです。私とて同じ気持ちです。お逢いしてから、あなたのことばかり考えていました。これからもお逢いしたい。毎日でもお顔を見たい。けれども、私はまだ両親や兄に面倒をみてもらっている身です。自分のものなど何もない。あるのはこの身だけ。あなたに差し上げられるものなど何ひとつないのです。そんな自分が恥ずかしくて、お答えできなかったのです」

「何を仰るのです。何もいりません。わたくしは、あなただけ、あなたのその御身だけで十分でございます」

豊雄の胸は、はちきれんばかりの愛しさに包まれた。

もう互いの心は止めようもなかった。豊雄は膝を進めて、真女子の手を取った。胸の中に真女子がたおやかに倒れてくる。豊雄はその身をかき抱いた。

走り出した恋慕は、大きな波のようにふたりを熱く包み込んでいった。


着物の下から現れた真女子の肌の、その抜けるような白さと滑らかさに、豊雄は息を呑んだ。女とはこのような美しい身体を持っているのか。

一糸纏《まと》わぬ真女子を抱きながらも、豊雄の手は震えていた。

長い接吻のあと、真女子の足の付け根から生暖かく溢れてくるものが指を濡らし、豊雄は勇を鼓して上になった。真女子の膝を割ったものの、しかし、先は戸惑うばかりだ。まらは硬く勃ってはいるが、当てがう場所がわからない。どこだ。どうすればいい。豊雄は焦った。

そうこうしているうちに、耐え切れなくなったまらは、精をほとばしらせた。

豊雄は慌てて身体を離し、恥ずかしさのあまりうなだれた。

「すみません……」

真女子の顔をまともに見ることができなかった。

「どうしてお謝りなどなさるのです」

「実は、実は……初めてなのです」

消え入るような声で告白すると、「まあ」と、真女子は慈愛に似た目を向けた。

「情けない男と思われたでしょう」

「どうしてそんなことを思いましょう。豊雄さまの初めてのお相手になれるなんて、こんな嬉しいことはありません」

そう言って、真女子は巧みに身体を入れ替えると、顔を豊雄のまらに近づけた。豊雄は驚いて身を引いた。

「いけません、あなたのような方がそんなことをなさっては」

「いいえ、豊雄さまとわたくしの間に、いけないことなどもう何もありません」

「しかし……」

「いいのです、すべては恋のなせるわざ」

そして、真女子は口の中に豊雄のまらをすっぽりと含んだのである。

うう……。

豊雄の口から声が漏れる。真女子の舌の動きは繊細であり、同時に大胆でもあった。まるで舌先がふたつに割れているかのように、巧妙な動きで締め付けた。たちまち、まらは力を取り戻した。

真女子はそれを確かめると、ゆったりとほほ笑んだ。

「さあ、今度こそ、くださいませ」

真女子は豊雄の上に乗り、まらに指先を添わせながら、女陰に当てた。生暖かな愛液の中、まるで吸い込まれるように、するりと入ってゆく。痺れるような快感が豊雄の全身を貫いた。

ここなのか、ここがぼぼと呼ばれる場所なのか。何と温かい、何と心地よい。これが、春本で読んだ現世の極楽なのか。

「ああ、豊雄さま、蕩けそう……。あなたはもう、わたくしのもの」

粘りつくような真女子の艶めかしい声が、遠く聞こえる海鳴りと相まって、豊雄の身体に絡みついた。


家に戻ったのは、ずいぶんと夜も更けた時刻だった。

裏木戸からこっそり部屋へ入り、まだ夢見心地のまま、豊雄は布団に横になった。このまま眠ってしまいたくなかった。真女子との交わりのひとつひとつを思い出し、その余韻を味わっていたかった。

それでも、いつの間にか眠りに落ちたようである。

襖の隙間から差し込む朝日に、豊雄ははっと目を覚ました。いつもの自分の部屋である。いつもの布団、いつもの寝間着である。

もしかしたらすべては夢だったのではないか。

そんな思いにかられ、豊雄は慌てて敷布団をめくってみた。そして、そこに太刀があるのを認めて顔をほころばせた。

金銀の細工が施された逸品である。昨夜の帰り際、真女子から恋の証として差し出されたものだった。

夢などではない。私は確かに真女子と契ったのだ。

太刀を手にすると、昨夜、ふたりの間で交わされたさまざまな秘め事が思い出された。豊雄は自分が男となった誇らしさと、その相手が真女子であることの喜びに打ち震えながら、太刀をしっかりと胸に抱いた。

翌日も、翌々日も、さらにその次の日も、真女子を訪ねた。

真女子の身体は、まるで骨などないかのように柔らかく、豊雄の腕の中で様々に姿を変えた。その舌先は、まるでそれ自体が生き物のように、豊雄の身体の芯を滾《たぎ》らせてゆく。

交わりは、重なるほどに陶酔をもたらし、豊雄は我を忘れて真女子との交合に夢中になった。

「もう、あなたなしでは生きていけない」

豊雄はまらを突き立てる。真女子の足が豊雄の腰に巻き付く。ふたつの身体は一分の隙もなく密着する。

「わたくしもでございます。あなたなしの人生など、もう考えられません」

「海に約し、山に誓う。生涯、あなたと共に生きると約束する」

「ええ、わたくしも。どこに行こうと、何が起ころうと、決して豊雄さまから離れません」

「私だって離すものか」

「嬉しい……」

その日も遅くなり、こっそり裏口から家に入ると、部屋の前の廊下に、表情を強張らせた母が待っていた。

「お父さまがお呼びです」

「あ、はい……」

豊雄は首をすくめた。ここのところの深夜の帰宅に、さすがの父も堪忍袋の緒が切れたのだろう。

しかし、いい機会ではないかと、豊雄はすぐに考え直した。真女子の存在を打ち明けて、夫婦になりたいと話してしまおう。真女子なら、両親も気に入ってくれるはずだ。どころか、昼の月と呼ばれる豊雄などにはもったいない相手だと、喜んでくれるに違いない。

部屋に入ると、父は憮然とした顔つきで待っていた。

「そこに座りなさい」

豊雄は神妙に父の前に正座した。

「いつも帰りが遅くなり、申し訳ありません」

その言葉を遮るように父が言った。

「おまえに聞きたいことがある」

「はい」

「これは何だ」

畳の上に置かれたのは真女子から貰った太刀である。

「今日、母がおまえの部屋の掃除をした時、押入れの中から見つけたものだ。なぜ、おまえがこのようなりっぱな太刀を持っておる」

豊雄は深く息を吸い、背筋を伸ばした。

「いただいたのです」

「いただいただと。誰からだ」

「新宮に住む真女子さまという方です。その方は、国守の下役をなさっていた県さまの奥方でしたが、この春にご主人が亡くなり、ひとりで心細くしていらっしゃいます」

父は難しい顔で、豊雄をじっと見ている。

「そのお方がどうして」

「実は、真女子さまと夫婦の契りを結びました」

「なに」

「その太刀は、約束の証にいただいたのです。父上さま、どうか私たちの婚姻を許していただけないでしょうか」

言い終わるや否や、父は言った。

「名を県と言ったな」

「はい。ご主人が赴任されたのは三年前」

父が眉を顰める。

「三年前だと……。うちは里長《さとおさ》をしておるが、そのような名前は聞いたことがない。それに、もし下役が亡くなったとあらば、耳に入らないわけがない。豊雄、おまえ、嘘をついておるな」

「いいえ、嘘などではありません」

豊雄は慌てて言い返した。

「昼間、古物商を呼んでこの太刀を鑑定させたのだ。これは都のある大臣が熊野権現《くまのごんげん》に献納された宝物の中の一品だった。そして、その宝物は少し前、何者かによって奪われたと、熊野権現の大宮司《だいぐうじ》が訴え出ている」

「え……」

「おまえが盗んだのか」

父の言葉に、豊雄は声を震わせた。

「何を言うのですか。そのようなことを私がするはずがないではありませんか」

「だったら、どうしてこの太刀をおまえが持っておる」

「ですから、真女子というお方に……」

「まだ、言うか」

父は怒鳴り、激昂のまま拳を振り上げた。しかし、不意に顔を歪めると、行き場を失ったかのように力なく拳を下ろし、肩を落とした。

「豊雄、おまえは何という情けないことをしでかしてくれたのだ。県などと、いもしない下役の名まで持ち出して、話をでっちあげるつもりか。どうやら、おまえを甘やかし過ぎてしまったようだな。もっと厳しく鍛えていればこんな愚行をさせずに済んだものを……。しかし、今更悔いても仕方ない。このようなことが他人の口から露見すれば、我が家も断絶となる。子孫や使用人たちを守るためにも、豊雄、明日、大宮司さまに自首をするのだ。自ら罪を申し立てれば、少しは御慈悲にもあずかれよう。それしか方法はない」

「父上さま、違います、私は盗んでなどおりません」

豊雄は必死に言い募ったが、父の決断は揺るがず、後は何を言っても聞き入れようとはしなかった。


翌日、豊雄は大宮司の前に引き出された。

「おまえが宝物を盗んだ賊か」

後ろ手に縄で縛られたまま、豊雄は懸命に否定した。

「違います。私ではありません」

「その太刀が何よりの証拠ではないか」

豊雄はまだ頭の中を整理できずにいた。この太刀が盗品というなら、真女子が盗んだということか。しかし、真女子がそんなことをするはずがない。きっと、真女子も誰かに騙されたのだ。

豊雄は頭を地面にこすりつけた。

「どうぞお聞きくださいませ。これは新宮に住む県の真女子さまというお方から譲り受けたものです。しかし、そのお方も、盗品などとは夢にも思っていないはずです。きっと騙されたのです。どうぞ、そのお方にお尋ねくださいませ。お調べいただければ、私が盗んだのではないことも、そのお方も害を被っただけだということも、わかっていただけるはずです」

大宮司は豊雄を睨み付けながらも、豊雄の証言にも一理あると判断したのだろう。やがて武士たちに指示を出した。

「では念のため、この者を引き連れて、その県の真女子という女のところに行って確かめて来い。この話が真なら、もしかしたら残りの宝物も見つかるかもしれぬ」

すぐさま豊雄は十人ばかりの武士にひったてられ、真女子の屋敷に向かわされた。


しかし、そこに屋敷はなかった。

いや、あるにはあるが、門は朽ち果て、軒の瓦は崩れ落ち、雑草に覆われた廃墟であった。

「こんなはずは……」

豊雄は呆然とするばかりだった。昨夜もここに来た。ここで、真女子と抱き合った。いったいこれはどうしたのだ。何がどうなっている。

「ここが、その女の屋敷というのか」

武士が怪訝な表情で問う。

「場所は確かにここでございます。しかし、屋敷はまったくの別物……」

「とにかく、中の様子を確かめてみよう」

武士たちと共に、豊雄は荒れ果てた屋敷に足を踏み入れた。

池は水が涸れ、水草は枯れ果てていた。藪と化した庭には松の大木が無惨に倒れていた。座敷らしき跡の戸を開くと、床には一寸ばかりも塵が積もり、鼠《ねずみ》の糞《ふん》が散らばっている。まさに陋屋《ろうおく》であった。

その時、どこからか生臭い風が流れて来て、武士らはいっせいに顔をしかめた。

「何だ、このにおいは」

臓腑《ぞうふ》がせりあがるような悪臭だった。鼻を押さえながら更に進んでゆく。奥の部屋に辿り着いて、はたと武士らが足を止めた。

荒れ果てた座敷の中、古い几帳を背に座る真女子の姿があった。その大輪の花のような美しさに、猛《たけ》った武士らも一瞬息を呑んだ。

「お、おまえが県の真女子か」

武士の問い掛けに、真女子は表情ひとつ変えず、凛として答えた。

「さようでございます」

「熊野権現の宝物について、国守のご詮議《せんぎ》がある。一緒に参れ」

しかし、真女子は立ち上がろうとはしない。そんな真女子に、焦れたように武士らが近づいた。

「さあ、来い、さっさと来るんだ」

真女子の腕を取ろうとした時である。突然、地が裂けんばかりの雷鳴が鳴り響いた。その衝撃はあまりにも烈《はげ》しく、打ちのめされた武士らはばたばたと重なり合って床に倒れ込んだ。

豊雄もまた弾き飛ばされていた。何が起きたのか、訳がわからなかった。

「なぜ、このような下賤な者どもをお連れになったのです」

真女子が真っ直ぐに豊雄を見つめて言った。

豊雄はやっとの思いで、身体を起こした。

「すまない、そうしなければ、盗賊の疑いを晴らすことができなかったのだ」

「ここは、わたくしとあなただけの世界、それを土足で踏みにじる輩どもを、わたくしは断じて許しませぬ」

その目は見たこともない激しい怒りに満ちている。

「真女子……」

呆然としていると、倒れていた武士がようやく起き上がった。

「こんな妖術を使うとは、おまえは人間ではないな。この化け物め、何としても引っ立ててやる」

と、大声を張り上げながら、再び真女子を捕らえようと進み出た。

「近寄るでない」

叫んだかと思うと、たちまちのうちに真女子は巨大な白蛇に化身した。

雪のような白い鱗を輝かせ、鏡のように凄烈な目を剝き、枯れ木のような角を振りかざし、口からは先の割れた紅の舌が炎のごとく吐き出されている。

その目に見据えられて、豊雄の身体はがたがたと震え出した。

「こんな姿をあなたに見せたくなかった……。いつまでも美しいまま愛されていたかった。でも、何があろうと、あなたはわたくしのもの……、永遠にわたくしのもの」

そして白蛇は躍り立つように屋敷を飛び出ると、庭を抜け、そのまま裏の海へと身を投げたのである。

波は天に向かって渦を巻き上げ、晴れ渡っていた空は墨色の雲に覆われ、瞬く間に、激しい雨が降り始めた。

廃墟の中、豊雄は恐ろしさに打ち震えながら、ただ茫然と見つめていた。


それから一年がたった。


豊雄は、ようやく落ち着いた暮らしを取り戻していた。

盗まれた宝物は、すべて真女子の屋敷から見つかった。武士らの証言もあり、いっさいは妖怪の仕業と判断されたが、豊雄は百日ばかりの投獄となった。それでも、父が多くの金を使ったおかげでずいぶん減刑されたのである。赦免《しゃめん》後は、すっかりやつれた身体を癒すため、しばらく親元を離れ、姉の嫁ぎ先である大和に移って養生した。

父の懇意にしている翁《おきな》によると、やはり真女子は白蛇の化身であったという。

「あの妖怪の本性は淫蕩。牛と交って麟《りん》を生み、馬と交わって竜馬を生む。豊雄さんにとり憑いたのも、まだ世間を知らぬ無垢さに付け込んで、情欲を満たすためであったのだろう。追い払えて本当によかった。ただ、執念深い妖怪であるから、隙を見せてはいけない。心を正し、慎みを持ち、毅然とした態度で生きなければならない。そうすれば、妖怪も二度と姿を現さないだろう」

それを聞いて、父も母も安堵しつつ、いっそう豊雄を不憫がった。あんな妖怪につきまとわれ、あらぬ罪まで被せられて、何と不運な息子だろう。それもこれも、豊雄がひとり身でいることが災いしたに違いない。妻を娶っていれば、あのような淫蕩な妖怪に付け込まれることもなかったはずだ。

豊雄は茫洋とした日々を過ごしていた。真女子が白蛇の化身であったなどと、俄かには信じられない。しかし、我が目で見たものがすべてを語っている。

真女子を愛おしく想う気持ちに嘘はなかった。心底、愛した人である。しかし、翁は妖怪の情欲の餌食でしかなかったという。そんな話は信じたくないが、あの恐ろしい姿がその証とも言える。

豊雄はまだ混乱の中にいた。

しかし、半年ばかりの養生を終えて実家に帰って来ると、すでに両親の意向によって、嫁探しが始まっていた。

折りよく、芝《しば》の里の庄司《しょうじ》という家から、婿に来てもらえぬか、という話があった。宮中で女官をしていた娘が、近々、実家に戻ってくるという。庄司は、豊雄が白蛇につきまとわれた経緯も知っていたが、もう終わったこと、と、気にする様子もなかった。両親は大いに乗り気になった。

豊雄もまた、これだけ両親に迷惑を掛けたのだから少しでも安心させなければ、という思いを強くしていた。もう親不孝はできない。そう思って、半ば諦めの気持ちで縁談を受け入れたのである。

娘の名は富子《とみこ》と言った。

会ってみると、さすがに宮仕えをしてきただけあって、振る舞いには品があり、その上、容姿も愛らしかった。

神様に感謝しなければならないのだろう。あのような恐ろしい目に遭いながら、命を永らえることができ、その上、こうして申し分のない妻を娶ろうとしているのだ。これを幸運と呼ばずに何としよう。これからは富子とふたり、穏やかに暮らしていこう。豊雄はそれを決心するのだった。

つつがなく祝言は済み、ようやく閨房で富子とふたりきりになった。豊雄も多少寛いだ気持ちになり、祝言の疲れも出て、夜具にごろりと横になった。

富子の話題は豊富だった。ころころとほがらかに笑い、宮中での暮らしぶりや、都の流行などを語った。歌や書物にも詳しく、学問好きな豊雄ともよく話が合った。乗り気であったわけではないが、こうなってみると、やはりこの婚姻は間違いでなかったと思えた。

「それにしても、あなたは話が上手ですね。宮仕えをしていたのだから、きっと雅な方々ともお付き合いがあったのでしょう。田舎者の私は、都の方とこうして話をするのは、初めてなのですよ」

「初めて？」

「ええ」

「本当に初めてとおっしゃいますか？」

問い返す声が、今までの富子の声とあまりに違い、豊雄ははっとした。

「海に約し、山に誓うという、あの永遠の契りを忘れて、このようなつまらぬ女を妻に娶るなど、どういうおつもりでございますか」

聞き覚えのある声、いいや、忘れられるはずもない。慌てて起き上がると、そこに座っているのはまさしく真女子であった。

豊雄は驚き、身の竦むような恐怖に包まれた。しかし、真女子の射るような眼差しに、身体が動かない。

「生涯、わたくしたちは離れないと、おっしゃったではありませんか。あの契りは嘘だったのですか」

「……いや、嘘ではない。嘘ではないが、あなたはこの世のものではない。私たちは生きる世界が違うのだ。夫婦になど、なれるわけがないではないか」

豊雄はしどろもどろに答えた。

「いいえ、どの世であろうと、関わりありません。わたくしとあなたのふたりの契りです。さあ、つまらない女など打ち捨てて、わたくしと共に参りましょう」

豊雄の声が震えた。

「どこに参るというのだ」

「決まっております、わたくしたちだけの世界」

真女子が手を差しのばす。豊雄は慄然とし、「待ってくれ」と押しとどめた。

「私はこの世の生き物だ。白蛇の化身のあなたとは違う。そんな世界になど行けるはずがないではないか」

「行けますとも、さあ」

「いやだ、行きたくない」

突っぱねると、みるみるうちに真女子の目に険しい光が広がった。その唇から、先の割れた紅い舌先がかっと飛び出してくる。

「契りをたがえて、わたくしを遠ざけるおつもりですか。もし、そのようなことをなさるのなら、あなたを取り殺しましょうぞ。それどころか紀の国の山々まで血で染めてしまいましょう」

契りなどと言いながら、やはり真女子の真の目的は私を殺すことだったのだ。

それを確信して、豊雄は絶望した。

もう逃れられないのか。命は助からないのか。

激しく嘆きつつも、しかし、すべては自分が蒔いた種ではないかと、豊雄は思い知らされていた。

たとえ今、命を守れたとしても、私が生きている限り、真女子は執念深くつきまとうだろう。それでも拒めば、その恐ろしい妖力で、庄司の家の者や里の者まで苦しめるに違いない。自分の命を惜しむばかりに、周りの人々に迷惑は掛けられない。昼の月にも矜持《きょうじ》はある。豊雄は覚悟を決めた。

「わかった、一緒に参ろう」

するど、真女子は瞬く間に表情を和らげ、人らしい顔となって笑みをたたえた。

「ああ、ようやく真のお心を取り戻してくださったのですね」

「その代わり、富子は助けてやって欲しい。この人に罪はない」

「このような身のわたくしとて、鬼ではありません。あなたがわたくしと共に来て下さるのなら、仰る通りにいたしましょう」

「では、今から富子の両親の元に行き、離縁を願い出てくる。筋だけは通しておきたいのだ。しばし、ここで待っていてくれないか」

真女子はしばらく考え、やがて首を縦に振った。

「わかりました。そのお言葉を信じて、お待ちしております。もし、お帰りにならなければ、その時はこの女の命を頂戴いたします」

「わかっている。すぐ戻る」

豊雄は閨房を出て、富子の両親の部屋へ向かった。すでに、しらじらと夜は明け始めていた。

「このような時刻に申し訳ありません。折り入ってお話があります」

廊下から声を掛けると、しばらくして襖が開き、富子の両親が顔を出した。豊雄の様子に、すぐ只事ではないと察したらしい。

「いったい、どうされましたか」

「あの白蛇の化身が現れました。今、富子の身体にとり憑いています」

「何と……」

顔色をなくす富子の両親の前で、豊雄は手をついた。

「終わったことと思っていました。しかし、そうではありませんでした。我が身にはこのような禍々しい妖怪がとり憑いています。庄司の皆様を苦しめるようなことはできません。どうか今すぐ離縁させてください。私はあの白蛇の化身と共に参ります。そうすれば、富子の命も救われます」

「何を言うのです。共に行くなど、気でも狂われたのですか。そんなことをなさったら豊雄どののお命がない」

富子の父は血相を変えた。

「それも定めと受け入れました」

「早まったことを考えなさるな。何かきっとよい策があるはずだ」

そうして、しばらく思案していたが、やがて富子の父は、はたと手を打った。

「そうだ、小松原《こまつばら》の道成寺《どうじょうじ》に、法海《ほうかい》和尚という高僧がおいでになる。有難い御祈禱をしてくださると聞いておる。その方に相談してみよう。きっといい知恵を授けてくださるに違いない。すぐに馬を走らせよう」

法海和尚が現れたのは、それから二刻あまりも過ぎた頃だった。

「顚末は使いの者から聞いた。老いぼれた身ではあるが、耳にした以上、黙って見過ごすわけにはまいらぬ」

そう言って、和尚は豊雄へ袈裟《けさ》を差し出した。

「この袈裟には、芥子《けし》の香を薫き込んである。これを妖怪に頭から被せて、力いっぱい押し伏せるのだ。そなたにできるか」

豊雄は震える手で袈裟を受け取った。

「袈裟に覆われれば妖怪は力を失う。そうすれば、富子の身体から抜け出て、白蛇に戻る。そこを見計らって、鉄鉢の中に入れるのだ。閉じ込めてさえしまえば、もう二度と妖力は使えなくなる。豊雄どの、頼みますぞ」

「はい、必ずやり遂げます」

「では、くれぐれも慎重に。策を悟られぬよう細心の注意をお払いくださいますよう」

「わかりました」

豊雄は袈裟を懐に隠し、意を決して真女子のいる閨房へと入って行った。

「待たせて済まぬ」

「豊雄さま、待ちくたびれておりました」

真女子は怒りを隠そうともせず出迎えた。

「すまなかった。話が長引いてしまったのだ。しかし、離縁の許しはいただいた。これで、私はあなたのものになった」

たちまち真女子は相好を崩した。

「さようでございますか。ああ、嬉しい」

「では、あなたの望むところに参りましょう」

「ええ、行きましょう。こんな世知辛い現世など、みな捨てて一緒に参りましょう」

真女子が手を差し出す。その白く美しい肌に、ふたりで過ごした夜々が脳裏を横切ってゆく。

豊雄にとって、真女子は初めての女だった。初めて心から愛し、固い契りを交わした女だった。しかし、真女子は白蛇の化身。豊雄にとり憑き、罠に陥れ、苦しめた。

豊雄は真女子の手を振り払うと、素早く懐から袈裟を取り出し、覆い被せた。

「あっ、何をなさるのです。どうしてこんなことを、ああ、苦しい……」

「おまえの魂胆はわかっている。どうせ私を妖怪の世に連れ去り、取って喰おうというのだろう。そんなことをさせてたまるか」

「何をおっしゃいます……」

袈裟の下から、息も絶え絶えに真女子は言った。

「どうして信じてくださらないのです。わたくしはただ、あなたが愛しいだけ、心から愛しいだけ……」

「嘘だ」

「嘘などではございません……。豊雄さまに出会うまで、わたくしは永遠の中を彷徨い続けていたのです。どうかわたくしをもう独りにはしないでくださいませ。あの孤独の暗闇の中に放り出さないでくださいませ。わたくしは、あなたに会えて、ようやくまことの恋を知ったのです」

豊雄の胸に、雨宿りで初めて出会った時の、あの美しい真女子の姿が蘇ってくる。せつなさのあまり、胸が張り裂けそうになった。

「私もそうだ、あなたにまことの恋をした……」

いつか豊雄の頬は涙で濡れていた。

「しかし、行けるはずがないではないか。白蛇のあなたと、どうして一緒に行けようか」

「豊雄さま……」

背後で襖が開き、家の者がなだれ込んできた。法海和尚が前に出て、袈裟に向かって念仏を唱える。もがいていた真女子の身体は静かになり、やがてぴくりとも動かなくなった。和尚は豊雄を退かせ、自らの手で袈裟を取り払った。

そこには意識を失った富子がおり、その身体の上には三尺ばかりもある白蛇が、紅い舌をだらりと伸ばし、ぐったりととぐろを巻いていた。

法海和尚はその白蛇を捕らえると、鉄鉢の中に納め、蓋をした。その上から更に袈裟を巻き付け、ようやくほっとしたように息をついた。

「これで白蛇の妖怪は封印された。もう安心なされるがいい。この鉄鉢は、道成寺の本堂脇を深く掘って埋めよう。もう二度と、この世に出ることはありませぬ」

豊雄は再び安寧を取り戻した。

富子はまだ少し体調を崩したままだが、それもそう遠くないうちに回復するだろう。

富子の両親も何事もなかったように過ごしている。豊雄もすべて忘れたかのように振る舞っている。まさしく閑々たる日々となった。

しかし、あの日以来、豊雄は時折、言いようもない空しさに襲われた。まるで身体の中にぽっかりと大きな穴が開いてしまったようだった。

そんな時、豊雄はひとり道成寺に向かう。

真女子が埋められている蛇塚へ足を運び、その前で何刻かを過ごすのだ。

あれほど恐ろしい目に遭いながらも、豊雄は真女子を憎み切ることができなかった。どころか、美しい真女子との甘やかで狂おしい交わりが思い出され、胸をかきむしられるような愛しさに包まれた。

あの滑らかな肌の感触、豊雄をとろけさせた舌の動き、女陰から溢れる温かな蜜、真女子の匂い、真女子の声。現世の極楽とも呼べるあの一瞬。

もし、真女子と共に行っていたら……。

豊雄は塚に向かって呼びかける。

真女子、これでよかったのか。私の選んだ道は本当に正しかったのか。

遠くから海鳴りが流れて来る。それは真女子の嗚咽のようにも聞こえて、豊雄はいつまでもいつまでも、塚の前から離れられないのだった。

漆黒の闇は報いる

怪猫伝

中庭で、守役《もりやく》を相手に剣を振るう我が息子、巳之助《みのすけ》の凜々しい姿に、豊《とよ》はうっとりと目を細めた。

ついこの間まで、独楽や竹馬に興じていたように思えるが、すでにその表情その姿には、逞しさと風格が備わっている。来年、巳之助は元服を迎える。

父である田鍋広茂《たなべひろしげ》は直参旗本千八百石の当主である。正妻との間に子がなく、ふたりの側室も女しか産めなかった。男子に恵まれたのは豊だけである。以来、広茂の寵愛は豊だけに向けられている。広茂はそろそろ五十となり隠居も近い。家督相続ももうすぐだ。

「さあ、巳之助、そのくらいで一休みしましょう。饅頭をお食べなさいな」

豊が手招きすると、巳之助は笑みを浮かべながら近づいて来た。

「はい、いただきます」

縁に腰を下ろし、饅頭に手を伸ばす。

「すっかり腕を上げられましたね」

「いえ、まだまだ修行が足りません。父上の跡を継ぐ者として、いっそう精進せねばと思っています」

「ごりっぱなお心構え。父上もどれほどお喜びでしょう」

角前髪《すみまえがみ》の額に光る汗を、豊は襦袢の袖でぬぐってやる。この干草に似た汗の匂いが大好きだった。身体の奥に疼《うず》くような満足感と嬉しさが広がってゆく。巳之助は、我が息子とは思えぬほど文武に長け、また母思いの心優しい若者に育っていた。

「うん、うまい」

饅頭を頬張った巳之助が、その時ばかりはまるで童子にかえったように顔をほころばした。この顔を見たくて、豊はわざわざ評判の饅頭を取り寄せたのである。

「さあ、たくさんお食べなさい。腹が減っては戦ができぬと申しましょう。巳之助には、強い殿さまになってもらわなければなりません。父上さまの期待も計り知れませんし
「はい、わかっております」

巳之助は三個をぺろりと平らげ、茶で喉を潤すと「では、もう一番」と、再び剣を手にした。

えい、えい、やぁ、やぁ。掛け声が、よく晴れた空へと昇っていく。雲ひとつない空はどこまでも澄み、巳之助の前途を象徴しているかのようでもある。

巳之助が守役を打ち負かし、豊に自慢げな顔を向けた。

豊は手を打って、巳之助を称える。

「お見事。何か褒美を差し上げなくては」

「いいえ、母上のそのお言葉こそが、私にとって何よりの褒美でございます」

その言葉に胸が熱くなる。豊は巳之助を眺めながら、この上もない満ち足りた気持ちに包まれてゆく。

いずれ、わたしは直参旗本当主の生母となるのだ。

こんな幸せが手に入るなど、誰が想像しただろう。世の中の底辺で、息も絶え絶えに生きていかなければならない身のはずだった。

決して手放しはしない。

豊は胸の中で呟く。

もし、この幸せを壊そうとする者が現れたら、どんな手段をとっても封じ込めてやる。決して決して、誰にも渡しはしない。


豊は水飲み百姓の四番目の子として生を享《う》けた。

飢饉《ききん》が続いた時期だった。稗《ひえ》や粟《あわ》さえまともに口に入らなかった。当然のごとく、豊は奉公に出された。八つの年である。

奉公先の料理屋での下働きは、子供にとって辛い仕事だった。水汲みや洗いもの、雑巾掛けに薪運びと、朝から晩まで働いた。しかし、豊は文句ひとつ言わなかった。何より、腹いっぱいとは言えずとも、飢えることなく食べられるだけで有難かった。遊郭へ売り飛ばされないだけましだった。

やがて、見よう見真似で読み書きを覚え、算盤《そろばん》も習得した。十四歳になる頃には、その働き振りを認められ、下働きから仲居となった。少しずつ給金が増え、時には客からの心付も舞い込んだ。今まで指をくわえて見ているしかなかった団子や汁粉が食べられ、紅や半襟も買えた。

そんな暮らしを知る中で、豊は次第に心を固めていった。貧乏はたくさんだ。もう稗も粟も食べたくない。必ず身を立ててみせる。誰もが羨むような暮らしを手にしてみせる。

その頃から、固い蕾がほどけるように、豊は美しさを際立たせるようになっていた。料理よりも、豊を目当てに通い詰める客も増えていった。

さまざまな男に言い寄られたが、豊はそう簡単に受け入れはしなかった。もちろん、枕を交わす男もいたが、心まで許しはしなかった。床の技を磨きながら、いっそう慎重に男を選んだ。相手によってこれからの人生が左右される。自分を安売りするつもりなどさらさらなかった。

十七の年、広茂がお忍びで料理屋を訪れた。その時、給仕を任されたのが豊である。豊にとって直参旗本当主など、言ってみれば雲の上の存在である。だからと言って少しも臆したりはしなかった。

そんな豊を広茂は大層気に入り、それから何度も通って来た。

もちろん、広茂の望みを豊は承知していた。しかし、だからこそ、その場限りの慰み者になるつもりはなかった。

子供の頃から長く世間に揉まれて来た豊は、すでに男の本質を見抜いていた。男など、遊び人も商人も殿さまも大した違いはない。とことん焦らす。それが何よりも効果的な媚薬であると知っていた。

今宵こそは、と、躍起になる広茂を、豊は何のかんのと理由を付けてうまくかわした。身体を許したのは、顔を合わせてから半年近くも過ぎた頃である。

料理屋の奥座敷、布団の中で豊はまるで生娘のように身を小刻みに震わせた。

「可愛いの……」

広茂は満悦して、豊の口を吸い、はだけた襦袢に手を差し込んだ。乳を揉み、やがて膝の奥へと伸ばし、陰唇に触れる。巧みとはいえぬ指の動きにしらけながらも、豊はすすり泣きにも似た楚々《そそ》とした声を上げた。

「殿さま……」

「何も怖がることはない。すべてわたしに任せておけばよいのだ」

広茂は自信たっぷりに言った。

「はい……」

とは言え、ぎこちない仕草をみせながらも、その実、さりげなく広茂を導いているのは豊の方である。くるりと身体を回転させたのも、偶然を装ってのことだ。広茂は嬉々として背後から陰茎を突き立てた。

「これはひよどり越えというのだ」

「ああ、殿さま……」

呟きながら、豊は膣を強く締め付ける。

広茂が「うっ」と短く声を上げる。豊はさらに奥から締め上げる。

「豊、おまえという女子は……」

後は言葉にならず、広茂は身を震わせると、たまりかねたように精をほとばしらせた。


その一夜の後、どれだけ広茂に言い寄られても、豊は首を縦に振らなかった。

「何故だ、豊、わたしの気持ちはわかっておろう」

広茂が焦れたように言う。

「ありがたいお言葉ですが、豊は所詮料理屋の仲居でございます。身の程はわきまえております」

「何を言う。身分など、わたしが与えてやる」

広茂は完全に豊の手管に翻弄されていた。情熱にかられるように、豊を側室として屋敷に迎え入れたのである。

そして一年後、豊は巳之助を産む。

男子に恵まれずにいた広茂の喜びようは大変なものだった。

今やもう、男子をもうけ、広茂の寵愛を一身に受ける豊に、正妻もふたりの側室も何も言えない。用人たちも一目置いている。田鍋の屋敷の中で、豊は我が世の春を謳歌していた。


月に薄い雲がかかっている。

昼間、太鼓を打ち鳴らすかのようないかずちがあった。梅雨の夜は空気をじっとりと重くしている。

湯を終えた豊は、薄絹姿のまま、広縁で寛いでいた。生ぬるい風が、横座りした豊の素足をなぶってゆく。

今夜、広茂は碁を打っている。ここのところ、広茂は暇さえあれば囲碁の師範である又七郎《またしちろう》を呼び寄せ、夜遅くまで興じていた。その分、豊の寝間にお越しになる回数も減っていた。

ぼんやり夜空を眺めていると、不意に庭の植木がざわざわと揺れ、やがて「クロ、クロ」という声と共に、女が姿を現した。

「何者か」

豊の声に、女は慌てて地面にひれ伏した。

「申し訳ございません」

暗さに、顔はよく見えない。

「何者かと訊いているのです」

「冬《ふゆ》と申します。殿様の碁のお相手をしております龍造寺《りゅうぞうじ》又七郎の妹でございます」

「又七郎殿の妹御と」

「はい。兄の供として参りました。兄は病弱でございまして、わたくしがいつも付き添って参っているのでございます」

「妹御がなぜ、わたしの部屋の庭先に」

「お方様のお部屋とはつゆ知らず、つい、迷い込んでしまいました」

「迷い込んだ？」

「猫が……、飼い猫のクロでございます。目を離した隙に庭に飛び出し、先程から行方を捜しておりました」

「猫を連れてきたとは」

「捨て猫のクロを拾った時から、いつも一緒に過ごしております。お殿様にお許しをいただき、連れて参っている次第です」

不意に雲が途切れ、月明かりがこぼれ落ちた。あわあわとした光が冬の顔を照らした。

美しい女だった。年の頃は十八、九。細面の顔は透き通るように白く、肌はきめ細かい。艶々と光る髪にくっきりとした富士額が見えた。通った鼻筋、涼やかな目元、そして小ぶりな唇。

その時、床下で「にゃあ」と鳴き声が聞こえた。クロ、と、冬が呼ぶと、小さな黒い塊が、冬の元へと転がるように駆け寄って行った。

「ああ、クロ、いったいどこにいたのです。お屋敷中、探したんですよ」

全身、艶やかな黒毛で覆われた猫だった。猫は冬の胸に抱かれると、安心したのかごろごろと喉を鳴らした。

「その猫ですか」

「はい」

ふと、猫が身体をねじらせて顔を向けた。金色の虹彩の中、黒水晶のように底深く濡れた目で、猫はじっと豊を見つめた。その目は怪しげな輝きに満ちていて、豊は思わず眉を顰めた。

時として、猫は人に病をもたらすと聞く。まかり間違って大切な巳之助を引っかきでもしたらどうする。

「さあ、さっさと連れて帰りなさい」

「申し訳ございませんでした。失礼いたします」

冬の姿が見えなくなっても、豊はしばらくその場から目が離せなかった。

胸の中に、不吉な予感のようなものが広がっていた。言葉にするのは難しい。ただ、冬というあの娘が、自分に災いをもたらすに違いない、その確信だけがあった。

案の定だった。

やはり広茂は冬に心を奪われていた。又七郎との碁は口実で、実際は冬に会いたくて呼び寄せているのだった。このところ寝間へのお越しが遠のいているのも、冬のせいに違いなかった。

豊は気が気ではなかった。

もし広茂の手が付き、冬が男子を産むようなことになれば、巳之助の前途に悪影響を及ぼすのはたやすく想像できた。嫡子と呼ばれるのは正妻の長男だけである。その正妻に子がないのだから、すべての男子は庶子となり、先に生まれようが後に生まれようが兄も弟もない。広茂が心変わりし、冬と冬の子を溺愛すれば、その子を後継者にすると言い出すかもしれない。

もし、そんなことになったら……。

豊は唇を嚙む。

それだけは何としても封じなければならない。あんな小娘に旗本当主生母の地位を渡してたまるものか。

豊は月に一度、浅草の観音様にお参りするのを慣わしとしていた。

女中をひとり伴い、頭巾《ずきん》姿でいつものように昼九つには屋敷を出た。

参道は参り客と見物客で賑わっている。物売りの掛け声や、焼餅の香ばしい匂いも漂い、活気に満ちている。その中を足早に通り抜け、豊は本堂の前に立った。殊勝な顔つきで観音様に手を合わせながらも、心はすでに別のところにある。

豊は女中を促し、隅田川に近い茶屋へと向かった。お参り帰りに、懇意にしている茶屋の女将と一刻ほど世間話に興じる、これもいつものことだった。その間、女中には小遣いを握らせ、時間を潰して来るように言う。女中もそれを楽しみにしていて、いそいそと出掛けていった。

もちろん、そんなものは嘘っぱちだった。豊は茶屋に男を引き込んでいるのである。ここ一年ほどは、女将が取り持った見習い役者の伊吉《いきち》という、まだ若い男が相手である。伊吉は賢いとは言えないが、見習いとはいえ役者だけあって、色白で華奢《きゃしゃ》な身体に一重の色っぽい目を持ち、その男ぶりはなかなかのものだった。何より、伊吉は女を喜ばす才に長けていた。

こうして月に一度、豊は伊吉を相手に、広茂では満たされない快楽をたっぷりと味わうのである。

部屋に上がると、すでに伊吉は待っていた。襖を閉めるのももどかしく、伊吉は豊を抱きすくめた。言葉などいつも後回しだ。刻は短い。余計なことに費やしてはいられない。

すぐに口を吸い合い、唾液をからませた。伊吉は器用に豊の帯を解き、着物を脱がせてゆく。豊の腰巻の下では、すでに内腿までもが濡れている。裾を割って入ってきた伊吉の指が空割《そらわ》れを広げる。熱を帯びた陰唇があられもなく膨らんでいる。しなやかな指でたっぷり愛撫された後、伊吉が姿勢を変えた。陰阜《いんぷ》に伊吉の男根が当たる。その華奢な身体からは想像もつかないほど、伊吉のそれは大きい。豊は足を伊吉の腰に回し、男根を迎え入れた。伊吉が突く。強く、熱く、深く突く。身体の奥にあるいちばん敏感な場所に、男根がこすりつけられ、豊はたまらず声を上げた――。

ことを終えて、布団に腹ばいになって煙草を吸いながら、豊は余韻を味わっていた。

「奥方さま、少々お願い事がありまして」

耳元で、伊吉がためらいがちに囁いた。

「また、金子かい」

返すと、伊吉は唇の端に卑屈な笑みを浮かべた。

「お見通しでございますね。実はちょいと賭場で借金をしちまいまして」

豊は小さく息を吐いた。

「困ったお人だね。で、どれくらい」

「十両ばかり」

伊吉は金のかかる男だった。毎回、別れ際に一両を握らせているが、やれ根付を落としただの、田舎の妹が病気になっただのと、何のかんの口実をつけてねだってくる。豊にしても、見習い役者を間夫《まぶ》にしているのだからしょうがない、また口止めの意味も含めてそれなりの小遣いを与えている。それにしても、十両とはかなりの大金だ。

「それが払えないとどうかなるのかい？」

「顔に傷をつけると脅されています。役者は顔が命。舞台に立てなくなってしまいます。それだけは勘弁してもらいたいのです」

「自業自得というものだね」

「そんな冷たいお言葉……」

伊吉は声を詰まらせ、みるみる涙を膨らませた。涙など伊吉にはお手の物だ。しかし、芝居めいているとわかっていてもその顔は美しい。

「後生です。どうか哀れと思って、用立ててしてくださいませ」

「そうだねえ」

「用立てしてくださるなら、何でもいたします。この伊吉、命に代えても果たします」

豊は煙草盆に、煙管を打ち付けた。

「だったらひとつ、頼まれてもらおうか」

伊吉はぱっと目を輝かせた。

「はい、何でも申しつけてくださいまし」

「女をひとり、殺《あや》めておくれでないか」

伊吉は何度か瞬きした。それから「奥方さま、また悪いご冗談を」と、笑い出した。

その時まで、豊も本気で考えていたわけではなかった。しかし、口にしたとたん、願望が現実としての輪郭を持った。何だ、こんな簡単な方法があるではないか。

「冗談などではない」

豊の冷静な口調に、伊吉はさすがに表情を固くした。

「おまえは今、命に代えても果たすと言ったではないか。その言葉、嘘だったのかい」

「いや、そんなことは……」

「もし、叶えてくれるなら二十両出そう。前に言っていた新しい着物も誂《あつら》えてやろう。何なら、芝居小屋の主に、おまえにいい役を振るように進言してやってもいい」

「本当ですか」

「どうだい、やってくれるかい」

伊吉はしばらく呆気に取られたように口を半開きにしていたが、やがてごくりと唾を呑み込むと「おまかせください」と、その時ばかりは緊張した面持ちで頷いた。


相手は、囲碁の師範である龍造寺又七郎の妹、冬。

碁を打ち終えて、又七郎と冬が屋敷を出るのは夜四つ半過ぎ。帰り道を待ち伏せ、人通りのない場を見計らって、物取りに見せかけて殺してくれればいい。又七郎は病弱で、武術の心得もない。返り討ちに遭う心配はない。顔を見られたら、又七郎も殺してしまえばいい。それで二十両なら、割のいい仕事ではないか。

待っていた報せが入ったのは、それから十日あまりしてからだった。

女中から「又七郎さまとお冬さまが、物取りに遭い、刺されたそうでございます」と、聞かされた。

「まあ、何てこと」

豊は驚きの声を上げ、それからもっとも聞きたかったことを尋ねた。

「それで、お命は」

「めった突きにされ、おふたりともお亡くなりになったそうでございます」

「それはそれはお気の毒に……。それにしても、ひどいことをする輩がいるものです。罪もない人を殺めるなんて、まったく、物騒な世の中になったこと」

女中の姿が消えて、豊は口元を緩めた。声が漏れないよう、袖で顔を隠しながら、くふくふと笑った。これで邪魔者はいなくなった。巳之助の将来も、安泰だ。

次の観音様参りの帰り、いつもの茶屋に出向いたが、伊吉の頬はこけ、目の周りは薄黒い隈に覆われ、すっかり憔悴していた。

「どうかしたのかい」

布団の脇に正座したまま、伊吉は身体を小刻みに震わせている。

「恐ろしいことをしでかしてしまいました。包丁で突いた時の、ふたりの顔が忘れられません……」

「何をそんなにびくびくしているんだ。人には寿命がある。あのふたりは寿命を迎えただけのこと、そう思えばいい」

伊吉が顔を上げ、目を宙に泳がせた。

「猫が……」

「猫？」

「娘御が抱いていた黒猫でございます」

「それがどうしたんだ」

「黒猫が倒れたふたりの傍に行き、流れ出る血を舐めたのです。白い牙が真っ赤に染まっておりました。そして私を見上げ、この恨み晴らさずにおくものか、とばかりに、恐ろしい目を向けたのです。それから毎夜、黒猫が現れるようになりました。いいえ、あれは猫ではありません。毛を逆立て、目は吊り上り、口は耳まで裂けた化け物となって、私に襲い掛かってくるのです」

言いながら、伊吉はぶるぶると肩を震わせている。

普段は威勢のいいことを言っているが、所詮は見習い役者、小心者もいいところだ。

「馬鹿馬鹿しい、そんなものは夢だろう。夢に出てくる猫など何を気にしているんだ。

さあ、約束の二十両をやろう。これで、おまえも顔を傷つけられることなく、役者を続けられる。何もかもうまくいったのだ。約束通り、着物も誂えてやろう、小屋主に口利きもしてやろう」

「はい……」

そんなことより、と、豊は伊吉を促した。

「さあ早く、布団に」

伊吉はそろそろと豊の傍らに身を滑り込ませた。

しかし、その日の伊吉の男根は、まったく役立たずだった。さすろうがしごこうが、打ちひしがれたように縮こまったままだった。


平穏な日々が続いていた。

白露を過ぎ、日中の暑さはまだ厳しいものの、風や雲にはいつしか秋の気配が漂うようになっていた。

先日、広茂が久しぶりに寝間にやって来た。冬の死にさすがに消沈しているようだったが、豊は張り切って、あの手この手で広茂を昇天させた。広茂は「やはり豊がいちばんだ」と、すっかり満足していた。

巳之助は毎日文武に励み、広茂の期待も高まってゆく一方である。

これですべては元通り。邪魔する者は誰もいない。豊は心から安堵していた。

伊吉が死んだと聞かされたのは、次の観音様参りの時である。

茶屋の女将の話はこうだった。

「芝居の稽古に顔を出さず、仲間が家まで様子を見に行ったそうでございます。呼んでも返事がないので戸を開けると、すでに伊吉さんは息絶えていたとのこと。物取りか、はたまたやくざとの揉め事か、理由はよくわからないようですが、その姿は大層無残だったそうです。喉が、まるで獣に噛み切られたように裂かれ、死に顔は恐怖と苦痛に歪み、辺りは血の海であったそうでございます」

帰り道、豊は、これで何もかもうまくいったと、ほくそ笑んでいた。

伊吉が死んでくれたのは助かった。これで、冬と又七郎の死に、豊が関わっていたことを知る者はいない。色男で、床の相性もよかった伊吉を失ったのは少々残念だが、なに、似たような男は、この町にはごまんといる。


秋分となったその日、豊は屋敷の北側にある土蔵に向かった。巳之助のために早めに袷の着物や綿入れを用意しようと思い立ったのだ。

女中をひとり連れ、土蔵に近づいたところで、豊は足を止めた。そこにふたつの姿があった。ひとつは巳之助、そしてもうひとつは下女である。ふたりは何やら楽しげに笑い合っている。

「何をしておるのです」

声を掛けると、ふたりは同時に顔を向けた。巳之助は「ああ、母上」と、屈託ない笑顔を浮かべた。

「読みたい書物がありまして、土蔵に探しに参ったのです。すると、この子が掃除をしておりました」

下女は粗末な綿の着物に、たすき掛けをしている。黒髪は艶やかだが、痩せぎすの身体に小さな顔、目ばかりがやけに大きい。

ふと、その目をどこかで見たような気がした。

下女は叱責を受けることを怖れてか、深々と頭を下げると、素早く台所の方へと駆けて行った。

豊は女中に振り向いた。

「見慣れぬ顔じゃな」

「はい、ひと月ほど前から奉公するようになったコマという娘でございます」

「コマ……」

「面白い子なんですよ」と、巳之助は言った。その声は弾んでいる。

「私が土蔵に入った時、梁の上にいたんです。どうしたと声を掛けたら、蔵の中で鼠を見つけて、捕まえようと追いかけているうちに、そこまで登ってしまったって言うんです。相当のお転婆のようです。あんな高いところ、男の私でもそう簡単には……」

「巳之助」と、豊は言葉を遮った。

「あなたはいずれ田鍋家の当主となる身です。下女などと気安く口をきいてはいけません」

「は、はい……」

巳之助は二度ばかり瞬いた。

「もっと威厳を持って接しなくては、下の者に示しがつかないではありませんか」

豊の強い口調に驚いたように、巳之助は神妙な顔で頷いた。

「さあ、書物を持って早くお部屋にお戻りなさい」

「わかりました。失礼いたします」

巳之助は優しい子だ。しかしその優しさが厳しい武家の世界では足元を掬《すく》われる原因になるやもしれぬ。可愛さのあまり、少し甘やかし過ぎたかもしれない。これからはもっと世の中の仕組みを教えねば、と、豊は考えていた。


広茂がごろりと横になっている。その腰を按摩《あんま》しているのはコマだ。

「旦那さま」

部屋を訪ねて、豊は声を掛けた。

「ああ、豊か」

「そんなこと、私に申し付けてくだされればよろしいのに」

コマはすぐさま部屋の隅に行き、小さくなっている。黒髪が陽を受けて濡れたように光っている。

「いや、このコマの按摩がなかなか巧くてな。腰の痛みも、コマの手に掛かるとすっきり抜けるのだ。ずいぶん助かっておる」

豊は眉を顰めた。言葉からして、広茂は今日だけでなく、もう何度もコマに按摩をさせているようだった。

「コマ、下がりなさい。後はわたくしがいたします」

コマの姿が消えると、豊は広茂の耳元に口を寄せ、精一杯甘えた声で言った。

「これからはいつでも豊をお呼び寄せくださいませ。大切な旦那さまのお身体ですもの、すぐに飛んで参ります」

「ああ、うん、そうだな」

コマの姿が消えた廊下を見ながら、広茂は頷いた。


薄く透き通った羽の蜻蛉《かげろう》が、流れるように庭を横切ってゆく。どこからか金木犀の甘い香りが漂ってくる。秋は深まりつつあった。

豊は落ち着かぬ気持ちを持て余していた。

女中から聞くところによると、巳之助は今も時折、コマと言葉を交わしているらしい。広茂もまた、コマを按摩に呼び寄せているらしい。

コマなどただのみすぼらしい下女である。ことさら美しいわけでもない。それがどういうわけか、巳之助と広茂に気に入られている。豊にはそれがどうにも納得できないのだった。

「母上、いちいちそんな指図は無用です。私はもう子供ではありません」

巳之助の強い口調に、豊は目をしばたたいた。

庭では、帰り花の山吹が、葉を落とした枝先にぽつんとひとつ咲いている。

何度も言ったではないか、コマのような下女ごときとやすやす口をきいてはいけない、それに対して返ってきた言葉だった。

「巳之助、それが母に向かって言う言葉ですか」

驚きと腹立たしさに、豊は唇の端を震わせた。母思いの巳之助が、このような反抗的な態度を取るなど信じられなかった。

しかし、巳之助は怯《ひる》まない。

「母上はコマを目の仇にしておいでのようですが、コマは働き者で気も利きます。使用人というだけで、口をきいてはいけないなんておかしな話ではありませんか」

巳之助は真っ直ぐな目を向ける。その中に、今まで見たことのない頑なさが見えた。

「どこがおかしいのです。おまえはいずれ、家督を継ぐ身、上に立つ者は威厳を持たなければなりません。そんなことでは、使用人たちになめられてしまいます」

「威張るだけが威厳ではないはず。使用人に思いやりをみせる、それこそが家長となる者の務めではないのですか」

豊は言葉に詰まった。

「母上がどう仰ろうと、私は自分の思い通りにいたします」

「いい加減にしろ、いい年をして、つまらぬ嫉妬などするな」

広茂が口調を荒げた。

コマに腰を揉ませるのはやめて欲しい、と告げた直後だった。

「旦那さま、わたくしはそんなつもりで……」

「もう、よい。おまえの按摩は下手でかなわん」

広茂は豊の手を払いのけると「すぐ、コマを呼べ」と、女中に命じた。

豊は唇を嚙み締めた。下女よりないがしろにされた気がして、屈辱で身体が震えた。

巳之助といい、広茂といい、どうしてそこまでコマを贔屓《ひいき》にするのか、豊にはどうにも解せない。今すぐにでも、コマを屋敷から追い出してしまいたかった。しかし、もし豊がそうしたと分かれば、巳之助がどう思うか、広茂の怒りがどう向けられるか、それを考えると、じりじりしながらも何もできないのだった。


風邪をひいたのか、夕刻から熱っぽく、気分もすぐれず、豊は早々に布団に入った。

喉の渇きを覚えて、目を覚ましたのは真夜中である。

「水を持て」

しかし、誰もいないのか、返事はない。

仕方なく豊は布団から起き、廊下に出た。熱のせいか意識が朦朧としている。

「誰かおらぬのか」

廊下は静まり返っている。豊は羽織った着物を前で掻き合わせた。

ふと見ると、廊下の奥の小部屋から薄ぼんやりと灯りが漏れている。豊は小部屋へ近づいた。

襖を開け、中を覗くと、行灯の向こうに人影があった。女中か下女か。ぴちゃぴちゃと、何やら啜るような音がしている。

「聞こえなかったのですか、水を持てと言っているのです」

それでも、返事はない。

「何をしておる」

更に口調を強めると、わずかに身体が動き、やがて行灯の後ろからそろりと顔を覗かせた。

その顔を見たとたん、豊は、ひっ、と叫び声を上げた。

それは人ではなかった。黒髪は逆立ち、目は吊り上り、口は耳まで裂けた、この世のものとは思えぬ化け物だった。行灯の油を舐めていたのか、口の周りがてらてらと光っている。

「あ、あ……」

恐ろしさのあまり、腰から力が抜けて、豊は尻餅をついた。

化け物がゆっくりと近づいてくる。背後の壁には、行灯の灯りを受けて、尖った耳と長い尻尾が大きく映り込んでいる。

「おまえは、おまえは……」

頭の中で、伊吉の言葉が蘇っていた。

これなのか、伊吉が見たという化け物は。冬が抱いていた黒猫の化身。冬と又七郎の恨みを晴らしに来たのか。

化け物はふわりと宙を飛び、またたく間に豊に覆いかぶさった。はらりと落ちた黒髪に身体が縛り上げられてゆく。

血腥い息が鼻先をかすめた。憎しみに満ちた黒々とした目が間近に迫り、射貫かれるように見据えられた。

言葉はなかった。それでも、化け物の声が豊には確かに聞こえていた。

この恨み、晴らさでおくものか。必ず、おまえにも同じ苦しみを味わわせてやる——。


目覚めると、床の中だった。

豊は慌てて身体を起こした。昨夜見た化け物の姿が、今も瞼の裏にはっきりと焼きついている。

「誰か、誰か」

呼びかけると、すぐに部屋付き女中が顔を出した。

「お豊さま、お加減はいかがでございますか。昨夜はずいぶんとうなされておいででした」

「わたしはずっとここにいたのですか？」

「は？」

「ここでずっと寝ていたのかと、聞いておるのです」

「もちろんでございます。わたくしが隣の部屋に控えておりました」

「そうか……」

あれは夢だったのか。熱にうなされて見た悪夢であったのか。しかし、ふと見ると、指先には黒髪が一本まつわりついていた。


午後になっても、気分はすぐれなかった。

昼餉《ひるげ》を摂る気にもなれず、豊はぼんやりと庭を眺めていた。空は一面、塊状の雲片で覆われている。不吉とされる叢雲であろうか。辺りには川霧が立ち込め、いっそう気持ちが滅入ってゆく。

女中が顔色を変えて飛んで来たのは、そんな時だ。

「どうしたのです、騒がしい」

「旦那さまと巳之助さまが、激しい諍いをなさっておいでです」

「諍いですと」

「周りの者にも止められません。どうぞ、豊さま、仲裁に入ってくださいませ」

豊は廊下を走った。諍いなど、今まで一度もしたことはない。広茂はひとり息子である巳之助を溺愛し、巳之助もまた父を心から敬っている。

しかし、それは本当だった。広茂の部屋の前廊下で、ふたりは険しい顔で向き合っていた。

「おまえは、父に歯向かおうというのか」

「たとえ父上でも、得心できませぬ」

豊は走り寄って、ふたりの間に割って入った。

「どうかどうか、お心をお鎮めくださいませ。巳之助、父上さまに向かって何としたことです。すぐにお謝りなさい。旦那さま、何があったか存じませんが、巳之助はまだ子供、どうぞ寛大なお心でお許しくださいませ」

巳之助は頬を紅潮させ、拳を固く握り締めている。

「父上はコマを慰み者にしようとしたのです」

「コマ？」

「そうです、力ずくでやましい思いを遂げようとしたのです」

諍いの種はコマだというのか。たかだか下女ひとりのために、千八百石の旗本当主と、その跡取りがこんなにも激しく争っているというのか。

「みな、下がりなさい」

豊は周りにいた用人や女中を引き上げさせた。父と子の諍いを見せたくなかった。ましてや、その原因が下女のコマであるなど、田鍋家の恥だ。

広茂が声を荒げた。

「馬鹿を言うでない。いつものように按摩をさせていただけではないか。それを邪推し、父に言いがかりをつけるとは何事だ」

「いいえ、もし私が部屋を訪ねなかったら、父上はコマを手籠めにしていました」

「手籠めだと」

「前々から、コマに聞いておりました。父上が、按摩にかこつけて無体なことをしてくると、コマは泣いて私に話してくれました」

広茂は顔を怒りで真っ赤にした。

「何を申す。そんな戯言、コマが言うはずがない。おまえこそ、コマにしつこく言い寄っているそうだな。土蔵の中で、いつも待ち伏せしているそうではないか。コマから聞いているぞ。学問も武術も半人前のくせに、下女を口説くなど百年早いのだ。女も知らぬくせに生意気を言うな」

「旦那さま、どうかご容赦くださいませ」

豊はふたりの間でおろおろするばかりだ。

「巳之助、謝りなさい。父上さまに謝りなさい」

必死でとりなすのだが、興奮した巳之助は聞く耳を持たない。

「いいえ、いくら父上といえども許せません」

「巳之助、どうか落ち着いて。今のあなたはあなたではないのです。きっととんでもない病にかかっているのです。ええ、そう、きっとそうに違いありません」

「コマは私のものです」

巳之助は言った。その目は常軌を逸している。まるで何物かに取り憑かれたようでもあった。

広茂が高く笑った。

「巳之助、何を血迷ったことを言っておる。おまえのものなど、この屋敷には何ひとつない。茶碗ひとつ、庭の石ころひとつも、すべてわたしのものだ。もちろんコマも同様だ」

　ふと見ると、庭にコマが正座している。コマはただ静かに座っている。表情には怯えもためらいもない。どころか口元にはうっすらと笑みさえ浮かべている。艶やかな黒髪と黒水晶のような目に、豊ははっと息を呑んだ。

　コマ、おまえは……。

　これは夢なのか。私はまだ、昨夜の悪夢を見続けているのか。

　巳之助がいちだんと声を高めた。

「たとえ父上でも、コマは渡しません。コマを失うぐらいなら、いっそ――」

「いっそ、何だ」

　巳之助が腰のものに手を掛けるのが目に入った。豊の顔から血が引いた。

「巳之助、何をするのです」

　豊は巳之助の腰にすがりついた。

「どうか、どうか気を確かに」

　広茂の頬に緊張が走る。

「父に刃を向けるというのか。それがどういうことか、おまえはわかっているのか」

　しかし、巳之助は豊の腕をふりほどき、刀を抜いた。

　広茂が部屋の奥へと走ってゆく。床の間に置いてあった刀を手にして、振り向いた瞬間であった。巳之助の刀が広茂の肩へと振り下ろされた。

ばばばっと血が飛ぶ。壁に、襖に、畳に、血しぶきが広がる。

広茂が片膝をついた。その姿勢のまま、広茂は刀を抜き、巳之助に向かって突き上げた。巳之助の身体にずぶりと刃が吸い込まれてゆく。

巳之助の口から空気の抜けるような声が洩れた。手から刀が落ち、がっくりと膝をつく。やがて、その身体は崩れるように畳に倒れた。

広茂もまた力尽き果て、やがて重なるように、巳之助の身体に倒れ込んだ。

ああ、ああ、ああ――――。

豊は気も狂わんばかりに、泣き叫んでいる。

庭先の、コマの姿はいつの間にか消えていた。

塀の上に黒猫が一匹。

やがてその姿も、茫々とした霧の中に消えていった。

夢魔の甘き唇

ろくろ首

男が現れたのは逢魔が時である。

風はなく、蒸し蒸しと暑く、家を揺るがすかのように蟬しぐれがわんわんと鳴り響いていた。

「宿をお願いしたいのですが」

女は三和土《たたき》に下りて、男を招き入れた。

「いらっしゃいませ。さあ、どうぞ」

三島《みしま》宿にある女が営む安宿は、街道から少しはずれた場所にあり、客の入りは芳しくない。一晩にひとりでも客があれば有難い限りだ。

男は上がり框《かまち》に腰を下ろし、草鞋《わらじ》を脱いで板間へと上がって来た。小袖は汚れ、股引や脚絆はところどころ擦り切れている。表情は疲れ切っていた。山道でも抜けて来たのだろうか。

こんな安宿に泊まる客など、金がないのは先刻承知である。しかし、女は素早く男の懐に目をやった。なかなかの膨らみ具合だ。こう見えて結構持っているようである。

女はすぐに、風呂と飯の用意を整えた。先に男が風呂に入ったところで、女はこっそり脱いだ着物を探ってみた。残念ながら財布はない。洗い場にまで持って入ったらしい。かなりの用心深さだが、それでいっそう金があると確信が深まった。

泥とほこりにまみれた顔がさっぱりすると、男は思いがけず整った顔立ちをしていた。年は二十四、五。女より十は若い。

その後、夕飯を給した。ないよりまし、という程度の一汁一菜だが、料金からすれば相応である。男も承知しているのか、不満ひとつ言わず平らげた。

「ごちそうさまでした。では、休ませてもらいます」

「はいはい、どうぞ、ごゆるりと」

男が部屋に戻ってゆく。今夜はもう客はないだろう。女は表戸を閉め、自分もまた勝手場の隣にある部屋へと入った。

夜が深まってゆく。それでも蟬の声は相変わらずだ。ねっとりとした汗が全身を包む。蒸し暑さがいっそう増したようである。

この宿に嫁いできた時もちょうどこんな季節だった、と、女は思いを馳せた。

三年前、女郎の年季が明けた時、口をきいてくれる人がいて、この宿を営む男の元にやって来た。子のないまま、前の女房と死に別れたと聞いていた。醜男で退屈な男には違いなかったが、帰る場所のない女には渡りに船の縁談である。ただ、男が退屈なのは床の中でも同じで、貧弱なまらはいつもふにゃふにゃで、ことの途中、すごすごと背中を向けることもしばしばだった。もともとひ弱な体質のせいもあったのだろう。二年もしないうちに肺病に倒れ、あれよあれよという間に逝ってしまった。以来、女はひとりで宿を切り盛りしている。

亭主がいた頃から、実入りがいいとは言えなかったが、それは今も同じである。食うのがやっとという程度だ。少しでも暮らしの足しにしたくて、女は時たま、小金を持っていそうな客に声を掛けた。

よかったら、ちょいと遊ばないかい？

昔取った杵柄《きねづか》である。これが結構いい金になる。

今夜、客はひとり。うまい具合に金を持っていそうな男である。ましてや見端もよく、若い。何を迷う必要がある。女は髪をさっと撫でつけると、勝手場から酒徳利と茶碗を手にして、そろりそろりと二階に上がっていった。

「お客さん、もうお休みになりましたか」

障子越しに声を掛けると、少しの間があって、返事があった。

「いえ、起きていますが」

「じゃ、ちょいと失礼しますよ」

男は布団の上に座っていた。慌てて羽織ったのだろう、着物の掛け合わせが乱れている。女は懐に目をやった。やはり財布は肌身離さぬようだ。

「よかったら、少しばかりお付き合いしてもらえないかと思いましてね」

「え……」

男が戸惑っている。

「こんな片田舎にひとりぼっちで暮していると、どうにも気持ちが滅入る時がございますんですよ。そんな時、旅人さんからいろいろお話を聞かせてもらうのを、せめてもの気晴らしにしているんです。ご迷惑かとは思いますが、ほんの少しの間、田舎暮らしを不憫に思って、お付き合いくださいましな」

　女は徳利と茶碗を男の前に置いた。

「その代わりと言っちゃ何ですが、これはあたしの奢《おご》り。さあ、一杯どうぞ」

　男は切れ長の目をしばたたいている。それでも、女が差し出した茶碗をおずおずと手にした。

「しかし、面白い話と言われましても、別段何も……」

「四方山《よもやま》話でよろしいんですよ。あたしなんか、もう何年も在所から出たことがなくて、世の中のことなどとんと知りません。何を聞かせてもらっても面白いんですから」

「はぁ……」

「お客さんはどちらからいらしたんでしょう？」

　女は酒を注ぎながら、話の糸口になるよう尋ねた。

「西から参りました」

「これから、どちらに」

「江戸に……いや、アテがあるわけではありません」

　無宿の渡世人《とせいにん》には見えない。行脚する僧侶とも思えない。見た目は職人という風情である。お尋ね者かと考えてみたが、それほどの面構えもない。

「風任せの旅でございますか。そんな道中も風流なものでございましょうね。さあ、もう一杯」

女は足を崩して、横座りになった。脛《すね》が剝き出しになるのは先刻承知だ。

「あたしだってできるものならこんな田舎に縛られずに、お客さんみたいに風来坊に生きてみたいわ」

砕けた口調で女は言った。

「そんなふうに見えますか」

「そりゃあ」と、言ってから、女は媚びた目を向けた。

「でもね、いくら気楽な旅といっても、いつもひとり寝じゃ、寂しい夜もございましょう。あたしも亭主を亡くして寂しい身、お客さんの気持ちがよくわかるんでございますよ」

ついでに、おくれ毛をかき上げ、シナを作る。しかし、男は黙ったままだ。

「それに、今夜は他に客もなくて、ふたりきり」

これで男なんぞイチコロのはずである。が、男はいっこうに乗って来ようとしない。ここまで言っても通じないのか、と、女は焦れて、いささか強引に男ににじり寄った。

「ね、だから、たまには楽しまないと」

太腿に手を置く。男は一瞬びくりと身体を硬くしたが、相変わらず俯いたままで何の手応えも見せない。女はだんだん苛立って来た。

「お客さん、黙ってないで何とか言ったらどうなのさ」

と、思わずはすっぱに声を荒らげた。

「女のあたしにここまで言わせておいて、恥をかかせるつもりかい？」

男が慌てたように顔を上げた。

「いえ、そんなつもりじゃ」

「じゃあ、なんでそんなにつれないのさ。据え膳食わぬは男の恥って言うじゃないか。それとも何かい、あたしがこんな年増だから、相手をする気にもなれないっていうのかい」

実際、女はすでにその気になっていた。こんな若い男は久しぶりだし、見目もよい。金目当てではあるものの、いつかホトは熱を持ち、ゆるゆると湿っている。

「そういうことではないんです」

「じゃあ、何なのさ」

「それは……」

男はいったん口を開きかけたが、躊躇うようにまた閉じた。

「何だよ、話を途中でやめるなんて気になるじゃないか。訳があるなら、言えばいいだろう。こうなったら、あたしだって聞かなきゃ気が済まないよ。さあ、何でも言ってごらんな」

やがて、男は心を決めたように、ゆっくりと目を向けた。

「わかりました。そうまで仰るのならお話ししましょう。長い話になるかもしれません。それでもよろしいですか」

「ああ、いいよ。夜は始まったばかりだ」

男の眼差しが妙に暗く沈んでゆく。それに気づいて、ふと、女は背中を落ちる汗を冷たく感じた。


何からお話しすればよいでしょう。

私は生まれも育ちも江戸です。下谷で畳職人をしていました。

こう言っては何ですが、腕にはいささか自信がありました。親方からの覚えもよく、私が作った畳でなければ、と、贔屓にしてくださる料亭やお屋敷もありました。

一年ほど前になりますか、上方で大きな寺院の畳替えの仕事があり、給金もよく箔も付くというので出向いたのです。そこで半年近く働きましたでしょうか。務めが終わり、江戸に戻ることになりました。

私は急いた気持ちで帰途につきました。というのも、江戸には許婚《いいなずけ》が待っていたからです。親方のひとり娘で、帰ったら祝言を挙げ、店の跡を継ぐ約束になっていました。

それでつい近道をしようと、街道からはずれた山道に入ったのが間違いでした。道に迷い、切り立った崖に出て、足を滑らせてしまったのです。

気が付いた時、私は山間の小さな村のあばら家に寝かされていました。この家の娘が、沢べりで倒れている私を見つけ、助けてくれたとのことでした。年は十五。まだあどけなささえ残る可憐な娘でした。

私は足を折り、その上、背中も痛めていました。ひとりでは立つことも歩くこともできず、結局、三か月近くもその家に厄介になることになったのです。

娘はかいがいしく面倒を看てくれました。食事を運び、動けぬ私の身体を拭き、厠へも連れて行ってくれました。そうこうしているうちに、私はいつしか、娘に惹かれるようになっていました。

江戸では許婚が待っています。許されぬ想いです。それがわかっていながら、娘の健気な振る舞いに、気持ちは昂ぶる一方でした。娘も同じ思いのようでした。私たちは恋しあい、やがて、畑仕事に出ている親御の目を盗んで、身体を許し合う仲になったのです。

娘は世の中のことなど何も知らない未通女《おぼこ》です。私は決心しました。この娘を江戸に連れて帰ろう、そして夫婦になろう、と。

ようやく歩けるようになって、私は娘と、親御に気持ちを伝えました。娘は嬉しさに涙をこぼしていました。親御も初めは激昂していましたが、最後にはしぶしぶながら承諾してくれました。

そのまま連れて帰りたいのはやまやまでしたが、筋は通さなければなりません。何と言っても、親方と許婚に許しを乞うのが先決です。娘と夫婦になれば、親方の元から離れて独立することになりましょう。ふたりで暮らす家も必要となります。それで、いったん私だけが江戸に帰り、手筈を整えることにしたのです。

十日で帰って来る。そうしたら、一緒に江戸に行こう。

「はい、待っております」

娘は目に涙をいっぱいためて、頷いてくれました。

江戸に無事帰って来た私を見て、親方と許婚は狂喜乱舞で迎えてくれました。山賊に襲われたのではないか、野たれ死んだのではないかと、半ば諦めていたとのことでした。

職人仲間や顔見知りたちも同じでした。みなのあまりの歓迎ぶりに、私は驚きました。自分が周りにそれほど大切にされているとは、それまで思ってもいなかったのです。

会う人ごとに温かい言葉を掛けられ、大層な思いやりを見せられ、祝い酒が届けられ、宴席に招待され、そんな毎日が続いて、私はつい、娘のことを話す機会を逃してしまいました。明日話そう、と思いながら、翌日になると明日こそきっと、その繰返しです。気が付くと、娘と約束した十日は瞬く間に過ぎていました。

渦中、私は少しずつ自分の気持ちが変化してゆくのを感じました。心というのは何と御しがたいものでしょう。それは自分でも驚きの移ろいでした。

私はいつしか、こんな独り善がりの言い訳を、自分にするようになっていたのです。あの娘はまだ若い。時が過ぎれば、私のことなど忘れてしまうだろう。こんな慌ただしい江戸に来ても不幸になるだけだ。あの山間の暮らしにふさわしい男と一緒になるのがいちばんの幸せなのだ。親御もその方が喜ぶに違いない、と。

何より、こうして以前の生活に戻ってみると、あの山間の村で娘と過ごした三月ばかりの日々が、どうにも現実と結びつかず、まるで夢の中での出来事としか思えなくなっていたのです。

許婚との祝言の準備は進められました。それがひと月後に迫ったある夜、寝ていると顔にふっと生温かいものがかかりました。目を開けると、目の前に娘の顔があるではありませんか。驚きのあまり、声を上げようとしました。が、どういうわけか声がでません。身体も動きません。

娘はただじっと私を見つめています。その目は深い悲しみに満ちていました。

「なぜ、迎えに来てはくださらないのです。ずっとずっと、お待ちしていますのに――」

暗い部屋の中、見えるのは娘の顔と白い首だけです。その首は闇の中へと長く伸びていました。

すまない、わかっている。もうすぐだ、もうすぐしたら必ず迎えに行く。だから、もう少し待ってくれ。

私は胸の中で返しました。

「本当でございますね。信じてお待ちしていてよいのですね」

「もちろんだ」

ようやく娘の顔がほころびました。やがて恥じらうように頬を染めると、そろりと布団の中に入り込んできました。そして、そのまま浴衣の裾を割り、まらを咥えたのです。

ああ、と、私は声にならぬ声を上げました。

娘にそれを教えたのは私です。身体が思うように動かぬ時、娘にそれを頼んだのです。娘は応じてくれました。私のために舌をどう動かせばよいのかも、すぐに察してくれました。私たちは、それほどまでに互いを許し合っていたのです。

まさしく、その舌の動きは娘のものでした。まらは激しくそそり立ち、こらえきれずに精を放ちました。

翌朝、目を覚ました私は、なぜあのような夢をみてしまったのだろう、と考えました。きっと娘に対する後ろめたさが私にそれを見させたのだろう、そう思うしかありませんでした。

しかし、それから毎夜、娘は現れるようになったのです。

「いつですか、いつわたしを迎えに来てくださるのですか」

そして、私のまらを咥え、精を放たせるのです。相変わらず身体はありません。見えるのは、いつも顔と長い首だけです。

こうまで続くと、さすがに夢とは思えなくなりました。

いったいこれは何なのか。こんなものが毎夜現れては身体がもたない。祝言だって挙げられない。そうなのです。あまりの愉楽に精を放ち過ぎ、それこそ毎朝、精根尽き果てて目覚めるのです。

いったいどうしたものか、と、私は頭を抱えました。これは娘の恨みなのか。生霊となって晴らしに来たのか。このまま私は娘に精を吸い取られてしまうのか。

祝言の日は近づいています。何とかしなければ、と焦る気持ちでいっぱいでした。しかし、相談できる相手などいません。思いあぐねて、芝の徳が高いと評判の住職を訪ねました。

住職はじっくりと私の話を聞いてくれました。そして、最後にこう言いました。

「それはろくろ首に間違いなかろう。恋しいおまえを、首を長くして待ち焦がれているうちに、いつしか化け物に姿を変えたのだ」

ろくろ首と聞いて、仰天しました。まさか、あの娘がそんな恐ろしい化け物になり果てたとは思いもしませんでした。

「住職さま、私はいったいどうすればよろしいのでしょう」

藁をも摑む思いで尋ねると、住職は奥の部屋から古びた本を一冊持ってきました。

「これは捜神記《そうしんき》という書物である。ここに、ろくろ首にとり憑かれた時の策が書いてある。本項によると、ろくろ首が身体から離れている間に、身体を隠してしまえばよいとのことだ。そうすると、ろくろ首は身体に戻ることができず、混乱のあまり、床や地に三度頭をぶちつけ死ぬという」

「本当ですか」

「ああ、確かにそう書いてある」

迷いはありませんでした。娘の身体を隠してしまおう。それしか方法はないと思えました。私はすぐさま、旅の支度を整え、親方と許婚に適当な口実を作って、江戸を発ったのです。

あの山間にあるあばら家に辿り着いた時、薄情だと思いつつ、懐かしさよりもおぞましさが先に立っていました。私の将来を台無しにしようとしている化け物の棲家、としか思えませんでした。

森の中で息を潜め、日が沈むのをじっと待ちました。辺りがとっぷりと闇に包まれてから、再び、私はあばら家へ向かいました。板戸の隙間からそっと覗くと、娘の布団は盛り上がっています。が、案の定、首から上はありません。私は親御たちに気取られぬよう、こっそりと忍び込み、その首から上のない身体を抱えて、沢へと運びました。

しかし川を目の前にして、さすがに躊躇しました。短い間とは言え、恋し合った相手、いったんは夫婦になることを誓った仲です。

済まない、許してくれ……。

念仏を唱え、必死に詫びながら、娘の身体を川へ投げ込みました。身体は流れに巻き込まれ、しばらく浮き沈みを繰り返していましたが、やがて見えなくなっていきました。

その時、突然、川の向こうから白いものが迫って来ました。月明かりではありません。獣でもありません。娘の顔です。それはまっしぐらに私に向かってきます。その後ろに、長い首がくねくねと揺れていました。

驚きのあまり、私は立ち竦みました。

娘は自分の身体が川に沈められたことに気が付いたのでしょう、私を眼光鋭く睨み付けました。

「あなたを信じていたのに、あなたを待ち続けていたのに、何とひどい仕打ちを」

私は思わず地べたに這いつくばり、許しを乞いました。

許してくれ。これしか方法がなかったんだ。お願いだ、どうかこのまま消え去ってくれ。

しかし、娘の形相は烈しい憎しみに満ちていくばかりです。髪を振り乱し、目を見開き、ぎりぎりと歯ぎしりし、怨恨の涙をはらはら溢れさせました。

「何と無情な、何と身勝手な――」

しかし、娘の憎しみもそこまででした。住職の言った通り、やがて身体を失ったろくろ首は混乱し、烈しく岩にぶつかったのです。がん、がん、と、鈍い音が森の中に響きました。

「ああ、痛い、ああ、苦しい――」

悲痛な叫び声は、まるで夜を切り裂くようでした。

その物凄まじい様子を、私はただただ呆然と見つめていたのです。


そこまで聞いて、女は短く息を吐いた。

「じゃあ、それでろくろ首は死んだってわけだね。確かに酷い話だけれど、世の中なんて皮肉なもんさ。その娘さんも、お客さんとさえ巡り会わなきゃ、ろくろ首になんぞならなくても済んだろうに。とにかく、化け物から逃げられたんだから、よかったじゃないの」

女は投げやりに言った。そんないきさつなど女にとってどうでもいい話だ。とにかく今は、金とまらが欲しい。

「さあ、せっかく化け物退治ができたんだから、今度は生身の女と楽しまなくちゃ」

女は臆面もなく男ににじり寄る。

「いえ、話はまだ終わっていません」

男は静かに制した。

「だって、三度ぶつけたら死ぬんでしょ？　さっきそう言ったじゃないの」

「岩にぶつけたのは二度」

「二度？」

「はい。三度目は、この私にぶつかって来たのです」

女は男の顔を見直した。

「お客さんに？」

「そして、そのまま私の脇腹に食らいついたのです」

女は目をしばたたいた。

「いやだ、お客さんたら」

女が笑う。しかし、男は瞬きひとつしない。

「いいえ、本当です。これが何よりの証拠」

男は自分の着物の掛け合わせを両手でぐいと広げた。そのとたん、女は悲鳴を上げてのけ反った。

財布で膨らんでいるとばかり思っていた懐にあるのは顔だった。娘の面影などどこにもない、般若のように鋭く吊り上がった目がぎろりと女に向けられた。長い首は蛇のようにぐるぐると胴に巻き付いている。

「あの日以来、娘はずっとここにいるのです」

途方に暮れた男の声が夜に滲んでゆく。

女は腰を抜かしながらも、あたふたと後ずさった。

そんな女に向かって、娘がほほ笑んだ。恐ろしい形相には違いない。しかし、それはまことに満ちたりた笑みだった。二度と男は離さない、誰が何と言おうとこの男は私のもの、と、言わんばかりの、それはそれは幸福な笑みだった。

無垢なる陰獣

四谷怪談

梅《うめ》はまだ十五であった。

裕福な御家人、伊藤《いとう》家の娘として、祖父、喜兵衛《きへえ》に溺愛されて育った。

しかし、そういった娘にありがちな、我儘や傲慢さはない。近所の貧しい子供たちや物乞いを見つけると、菓子をこっそり分け与えるような心根の優しい娘であった。

梅には、姉のように慕う娘がいた。同じ雑司ヶ谷四谷に住む、四歳年上の岩《いわ》である。

今日も稽古ごとの帰りに立ち寄り、木戸から顔を覗かせた。

「お岩さま、こんにちは」

「あら、お梅さまじゃありませんか、いらっしゃいませ」

岩は手にしていた縫物をまとめ、脇によけた。岩はいつもこうして、苦しい家計を助けるために内職仕事をしている。

「どうぞお入りくださいな」

岩に促されて、梅は座敷に上がった。座敷と言っても、梅の家とは大違いである。

畳は所々ささくれ、襖は色褪せ、破れを隠すために穀紙《こくし》が貼ってある。

「お茶の用意をいたしますね」

岩が台所に立ってゆく。貧しい武士の娘であっても、岩は美しく聡明で、梅は心から信頼を寄せていた。互いに早く母を亡くしたせいもあり、心のうちを明かせる唯一の存在でもあった。

「先日、お伺いした時、少し咳き込んでいらっしゃったでしょう。気になって、滋養のお薬を持って参りました」

梅は岩に声をかけた。

「まあ、いつもありがとうございます」

岩は戻って、梅から薬包紙に包まれた薬を受け取った。岩は病弱な身だった。季節の変わり目など、よく熱を出したり寝込んだりした。父親は勤め先に詰める夜も多く、毎日ほとんどひとりで暮らしている。そんな岩が梅は心配でならなかった。

茶を飲みながら、梅はふと、庭の隅、小さな池の隣に植えてある美しい木肌を持つ樹に目を向けた。

「沙羅《さら》の花はいつ頃咲きそうかしら」

白椿に似た愛らしい花を付ける樹である。

「夏になってからだから、まだ少し先。お梅さまはあの花がお好きなのね」

「だって、朝に咲いて夕方には落花してしまうなんて、まるでたまゆらのよう。その儚《はかな》さに惹かれるの」

利発ではあるが、梅はまだまだ夢見がちな娘でもあった。

「あ、そうだわ。お岩さま、もうすぐ四谷稲荷の縁日があるのをご存じ？」

くるくる変わる梅の表情に、岩が笑っている。

「ああ、そうでしたね」

「ねえ、一緒に行きましょうよ。今日お寄りしたのは、そのお誘いのためでもあるの。お神輿もでるっていうし、お店もたくさん並ぶんですって。きっと楽しいわ」

「そうね」

岩は柔らかな笑みを返したが、すぐ困ったように手元に目線を落とした。

「でも、急ぎの縫物が立て込んでいるから、行けるかどうか」

「そんなこと言わないで、半刻ぐらいなら何とかなるでしょう。お岩さまだって、たまには外に出て気晴らしくらいしなくちゃ」

「じゃあ、早く仕上がるよう頑張ってみるわね」

「嬉しい。約束よ。ひとりで行ったってつまらないもの。やっぱりお岩さまと一緒でなきゃ」

そうやって、四半時も話し込んだろうか。木戸から男が顔を出した。

「お嬢さま、そろそろお帰りの時刻でございます」

按摩の宅悦《たくえつ》である。宅悦は梅が生まれる前から伊藤の屋敷で働いている。いくらか薬師《くすし》の心得もあって重宝がられ、按摩だけでなく勝手方をはじめ、さまざまな仕事をしている。心配性の祖父は、梅がどこに出掛けるにも必ず誰かを付けて寄越すのだが、大抵、その役割は宅悦になった。

「じゃあお岩さま、縁日、楽しみにしていますから」

「気を付けてお帰りなさいまし」

外に出ると、松林の方角から、春蟬の鳴き声がさざ波のように流れて来た。物憂げなその鳴き声は、どことなく胸をざわつかせる。

「ねえ、宅悦」

「何でしょう」

「さっき、お岩さまを縁日にお誘いしたのだけれど、いけなかったかしら」

「どうしてでございますか」

「たくさんの人が集まるところは、お身体にも障るでしょう。またお熱でもでてしまったら大変だもの」

「そうでございますね。もし、お岩さまがいらっしゃらないようであれば、この宅悦がお伴いたしますから」

梅は思わず笑い声を上げた。

「いやだ、宅悦なんかと行ったら、せっかくの縁日が台無しよ」

宅悦も坊主頭を搔きながら笑う。気安くこんな言葉を交わせるのも、梅が宅悦に気を許している証だった。

梅を屋敷に届け、宅悦は家に戻って来た。粗末な食事を終えてから、女中に頼まれた作業に取り掛かった。

砒素《ひそ》を使った鼠捕りの毒団子である。砒素の他にも毒草や毒きのこを混ぜ合わせて作る宅悦のそれは、他のものより鼠がよく食いつく。

何と言っても素材は毒性が強い。宅悦はこね鉢の中に原料を入れると、ヘラで慎重に練り合わせた。丸匙を使って小さな団子にする時も、指に直接触れないよう注意を払った。一度、誤って触れてしまい、皮膚が爛《ただ》れてひどい目に遭ったことがある。

さて、その宅悦であるが、もともと品川で宿屋を営む夫婦の四番目の末子として生を享けた。生まれた時、両親はひどく落胆したという。宅悦があまりに醜い子だったからだ。

潰れた鼻に分厚い唇。背中は瘤《こぶ》が出来たように大きく膨らんでいた。こういう様相ではまともな仕事はできないだろう、手に職を付けさせた方が生き易いに違いない、という思いもあって、六歳になった時、按摩師の元に奉公に出された。

宅悦は自分の醜さを誰よりも自覚していた。物心ついた頃には、すでに日陰の中で生きてゆく覚悟もできていた。奉公先では容貌の醜さで見下されることもあったが、真面目に修行を積んでいった。その甲斐あって、やがて伊藤家の喜兵衛に見込まれ、通いで雇われるようにまでなったのである。

宅悦は毒団子を練る手を止めて、ふと宙を見やった。

それにしても、梅お嬢さまは最近たいそう千代《ちよ》さまに似て来たものだ……。

梅の母、千代は梅を産むと、まるで自分の命を引き換えるようにして亡くなった。まだ二十一歳の若さだった。

宅悦が千代と初めて会ったのは、千代が伊藤家に嫁いで来てしばらくたった頃である。喜兵衛の按摩に呼ばれた際、廊下で顔を合わせたのだ。

千代のあまりの美しさに、宅悦はしばし呆然と佇んだ。無礼に気づき、慌てて床にひれ伏すと、千代は「宅悦ですね、ご苦労さま」と、優しく労ってくれた。このような醜く身分の低い自分の名を知っていた驚きと、声を掛けてくれた心の温かさに胸を打たれ、嬉しさのあまり、背中の瘤まで熱くなった。このお方のためならなんでもしよう、命さえも惜しくない、と思ったほどである。

それからというもの、ひと目でもその姿を見られれば一日中浮き立ち、声を掛けられたなら十日は満ち足りた気持ちになった。いつか、宅悦にとって千代は生きがいになっていた。

恋心などという浮わついた思いとは違う。そんな畏れ多い気持ちなど持てるはずもない。宅悦にとって、千代は天女のような、いや菩薩のような存在だった。

そんな宅悦に、忘れがたい甘美な思い出がある。千代が梅を授かる前年のことである。

その日、女中から声がかかった。いつものように喜兵衛の按摩かと思っていると、そうではなく千代が呼んでいるという。わたしごときにいったい何用が、と、面食らいながらも、宅悦は部屋を訪ねた。そこで千代の口から語られたのは、苦しい胸の内だった。

「子が欲しいのです」

嫁いですでに三年。千代は未だ子に恵まれず、それを大層気に病んでいた。

「医者が申すには、血の道が滞っているとのこと。処方されたお薬を飲んでいますが、一向にその兆候がありません。それで、宅悦に相談したいのです」

「はい」

宅悦は緊張のあまり、畳に額をこすりつけ、丸い背中をますます丸めて小さくなった。

「身体には血の道を円滑にするツボがあると噂で聞きましたが、それは本当ですか」

俯いたまま、宅悦は頷く。

「はい、確かにございます」

「では、その治療を頼めませんか」

宅悦はどう答えてよいかわからない。ツボは心得ている。しかし、施術となれば千代の身体に触れなくてはならない。こんな卑しい自分に、そのようなことが許されるはずがない。

「宅悦、どうなのですか」

「わたしごときの者がお千代さまに触れるなど畏れ多い限りでございます。何より、御主人さまや喜兵衛さまが何とおっしゃるか」

「話すつもりはありません。旦那さまには心配をかけたくないのです。宅悦もくれぐれも内密にしてください。大切なのは子を儲けること。そのためなら、どんな手段も惜しむつもりはありません」

なみなみならぬ千代の決意が伝わって来た。その気迫に押されるように、宅悦は頷いていた。

「承知いたしました。この宅悦、及ばずながら一所懸命治療させていただきます」

「ありがとう。よろしく頼みます」

翌日、宅悦は女中に千代の寝所へといざなわれた。

敷かれた布団に、長襦袢姿の千代が待っていた。薄絹一枚である。その下に生まれたままの千代の身体があると思うと、思わず舌の付け根から唾が溢れそうになった。

何と卑しい心根であろう、と、宅悦は自分を叱りつけた。正しい心を忘れてはならない。このお方は菩薩さまと同じなのだ。

「では、まずうつ伏せにお休みください」

言われた通り、千代が布団に横たわる。目の前に背中から尻にかけてのなだらかな曲線が晒される。

「失礼いたします」

震える指で、宅悦は千代の身体に触れた。薄絹を通して、千代の肌の感触が伝わって来る。柔らかく、温かく、たおやかな弾力がある。

まず、腰の両側にある腎兪《じんゆ》に指を置いた。

「こちらは疲労が改善し、活力が湧くといわれるツボでございます」

そこを丁寧に押した後、胞膏《ほうこう》に移る。

「こちらは冷えを取り、腰痛を改善いたします。少々痛みがあるかもしれませんが、徐々にほぐして参れば、お身体が温まるようになります」

実際、押し続けていると、千代の身体がうっすらと汗ばんでゆくのがわかった。

「いかがでございますか」

「ええ、本当に身体が熱くなって来ました」

声にもどことなく潤いが満ちている。続けて、太腿にある血海《けっかい》、膝脇にある陽関《ようかん》、内くるぶしの上の三陰交《さんいんこう》を、時間をかけてほぐした。

「では、お千代さま、仰向けになっていただけますか」

千代は素直に従った。上を向いたせいで、胸の膨らみがわずかに見える。宅悦は腿にぎゅっと力を込めた。そうしなければ、頭と身体が別の生き物になってしまいそうだった。

後は何も考えないように、ひたすら施術に没頭した。神闕《しんけつ》、天枢《てんすう》、関元《かんげん》と、臍の周りにあるツボを丁寧にほぐした。

最後は下腹の曲骨《きょくこつ》である。ここは、子壺の真上にあり、強張ったそれを柔らかくすれば、滞った血の巡りが改善されるのである。

終わる頃には、張りつめた思いに宅悦は汗びっしょりになっていた。

以来、毎日のように宅悦は千代の元に通うようになった。いつもの手順でツボを押してゆく。回を重ねるほどに、千代の身体はほぐれていくようだった。

浅ましい心とわかっている。それでも、宅悦は時折、激しい衝動にかられずにはいられなかった。この白絹の襦袢を捲りあげて、その尻を撫で回したい。襟元を広げて乳に触れたい。裾を割って太腿の奥に顔を埋めたい。そこから溢れる蜜を存分にすすりたい。

ああ、自分は畜生にも劣る。こんな高貴な千代さまを、心で犯し、汚している。

ひと月ばかりが過ぎた頃である。曲骨を押さえていると、千代が小さくため息を漏らした。宅悦は慌てて指を引いた。

「痛うございましたか」

「いえ……そうではありません。どうぞ、続けて」

「はい」

宅悦は再び曲骨を押す。どこからか山百合にも似た甘い香りが漂ってきて、宅悦はふと指を止めた。匂いは、目の前の千代の身体、それも襦袢の裾奥から立ち昇っているように思える。目を向けると、千代は目を瞑ってはいるものの、唇が薄く開き、まるでその時を迎えたような忘我の表情をしていた。

どれだけ両腿に力を入れようとも、まらは激しく充血した。

手の届くはずもない千代である。それでも、その山百合の匂いに包まれていると、まるで千代と交わっているような気持ちになった。誰も触れたことのない千代の身体の奥深くにある敏感な部分。御主人さまも知らないそれに、自分は触れている。子宝のツボは、淫のツボでもあった。


夏の初め、千代は懐妊した。

翌年の春、梅が生まれた時の気持ちを何と言えばいいだろう。立場をわきまえない感慨であるとわかっていても、まるで我が子を得たような深い喜びがあった。

　そして千代が逝ってからは、梅の成長だけが宅悦の生きがいとなった。梅は自分と亡くなった千代を繋ぐ唯一の存在のように感じられるのだった。


　四谷稲荷の縁日は、思った以上に大勢の人々で賑わっていた。

　飴屋、団子屋、煎餅屋が軒を連ね、簪《かんざし》や櫛を売る小間物屋、花々を並べた植木屋、からくり玩具を並べる店もある。梅は浮き立ち、物珍し気にあちらこちらを覗いて回った。巧みな口上の「ガマの油売り」の前では、大勢の客と一緒に見物した。

「お嬢さま、そろそろお帰りの時刻です」

　さっきから何度も言われているが、宅悦の言葉など聞こえないふりをする。

「あら、あっちで紅を売っているわ」

「お嬢さま」

　さすがに宅悦は声を強めた。

「遅くなると、喜兵衛さまが心配なされます。お帰りの時刻はとっくに過ぎております。さあ、帰りましょう」

「もう少しいいじゃない」

「いけません」

「ああ、やっぱりお岩さまと一緒に来たかった。そうしたら、もっと楽しかったでしょうに」

梅は頬を膨らませて、皮肉を言う。残念ながら、岩は体調がすぐれず、来るのが叶わなかったのである。

梅は後ろ髪を引かれる思いで、境内を後にし、屋敷へと踵を返した。

「宅悦、さっき甘酒を飲んだこと、おじいさまには内緒よ」

「もちろんでございます。知れたら、宅悦が叱られてしまいます」

ふふ、と梅は笑う。口ではいろいろ言っても、生まれた時から知っている宅悦はやはり心安い。

神社を出て、裏道に入ると、急に人影がなくなった。生い茂る松林のせいか、辺りは夕暮れのように薄暗い。

その時である。三人のやくざ者が現れた。

「ほう、お武家さまのお嬢さまがこんなところをお通りですかい」

下卑た笑いを口元に浮かべながら、男たちが前に立ちはだかった。突然のことに、梅は怖さで立ち竦んだ。すぐさま宅悦は庇うように前に出て来た。

「急いでおります。どうぞお通しください」

通り過ぎようとするのだが、男たちは許さない。右に行けば右に、左に寄れば左にと、行く手を阻む。宅悦は口調を強めた。

「冗談はおやめください」

「ここは天下の公道。どこを歩こうと文句を言われる筋合いはない」

それから、にやついた顔を向けた。

「ここで会ったのも何かの縁。申し訳ないですが、お嬢さま、その懐にある金子を、貧しい俺らにお恵みくださるわけにはいかないものですかね」

宅悦が声を震わせて言い返した。

「これ以上無礼を働けば、只では済みませんぞ」

「うるさい、おまえは引っ込んでろ」

男のひとりが怒鳴り声を上げ、宅悦の胸を正面から蹴りつけた。宅悦がひっくり返って尻餅をつく。

「宅悦！」

梅は慌てて宅悦に駆け寄った。その梅を、やくざ者が取り囲むようにして見下ろした。

「お嬢さま、俺らも乱暴なまねはしたくないんですよ。さあ、とやかく言わず、さっさと懐のものを出しやがれ」

最後はドスの利いた声だった。これ以上逆らえば、何をされるかわからない。刃物を持ち出されるかもしれない。梅は震えながら、襟に挟んだ紙入れに手を伸ばした。

松林の間から男がひとり現れたのは、まさに奪われる寸前であった。

「おまえたち、何をしておる」

身なりの貧しい若武士である。やくざ者らは振り返り「おまえの知ったこっちゃねえ」と、吐き捨てた。

しかし、若武士はひるまない。

「捨て置くわけにはいかぬ。おまえたちがその娘御に無体をしでかすつもりなら、このわたしが相手になろう」

「ふん、貧乏浪人の分際で、えらそうな口をきくんじゃねえ」

腹立たし気に吐き捨てながら、やくざ者らはやおら懐から匕首《あいくち》を取り出した。低く構えて、若武士に近づいてゆく。緊張が走った。梅は放心したように見ている。やくざ者らは目で合図を交わすと、一気に若武士に向かって突進していった。

しかし、若武士は冷静だった。素早く身をかわし、ひとりは手首をはたいて匕首を振り落とし、ひとりは足を払って転倒させ、最後のひとりは刀の柄頭で腹を突いた。気が付いた時にはもう、三人は地べたに這いつくばっていた。あっと言う間の出来事だった。

やくざ者たちがあたふたと逃げ去って行く。その姿が見えなくなってから、若武士は梅に涼やかな目を向けた。

「お怪我はありませんか」

「はい……」

梅は頷くだけで精いっぱいだった。まだ、身体の震えは止まらない。

「さあ、本通りまで参りましょう」

若武士は梅と宅悦をいざなった。その間も、梅はただただ放心していて、ひと言も口をきけなかった。ようやく開けた道に出て「どうぞ、お気をつけて」と、静かに去って行く後姿を、無言で見送るだけだった。

あれから、梅は悔やんでばかりいる。

どうしてお名前をお聞きしなかったのだろう。いくら動転していたとは言え、お礼もまともに言えなかった。きっと礼儀知らずの娘と呆れられたに違いない。

身なりは粗末だったが、凜々しいお姿だった。切れ長の目は澄み、唇は強い意思を感じさせた。

気が付くと、梅は若武士のことばかり考えるようになっていた。すると息が苦しくなり、何度もため息がもれてしまう。やがて、泣きたいような心持ちになってくる。

願いはただひとつ。

あのお方にもう一度お会いしたい。

梅の思いは、日ごとに膨らんでいった。


女中から、岩の縁談がまとまったという話を耳にしたのは、それからしばらくしてからである。

梅はすぐに岩を訪ねた。宅悦を外で待たせ、木戸から顔を覗かせると、岩はいつものように縫物の内職をしていた。

「お岩さま」

「あら、お梅さま。おひさしぶり」

「ご機嫌いかが」

「ありがとう、元気にしています。そうそう、この間の縁日はご一緒できなくてごめんなさいね」

梅は縁台に腰を下ろした。

「それはいいの。それより、聞きましたことよ。ご婚約なさったんですって」

「まあ、もう耳にはいりましたか」

岩はぽっと頰を染めた。その様子は身体の内側から滲み出るような喜びに満ちていた。

「やはり本当だったのですね。水臭いわ、すぐに教えてくだされればよろしいのに」

「隠していたわけじゃないの。今度、お梅さまにお会いしたらお話ししようと思ってたの」

「とにかく、おめでとうございます。ねえ、お相手はどのような方なのかしら」

「どのようなと言われても……。こんな病弱で、貧しい家のわたしを娶ってくださるだけで、有難いと思っています」

岩は慎み深く答える。

「お岩さまの旦那さまになる方ですもの、きっと文武に長けたお方なのでしょうね」

「さあ、それはどうでしょう。でも、心の優しいお人です。いつもわたしを気遣ってくださるの」

「まあ、お岩さまったら、もうお惚気《のろけ》」

梅は明るい笑い声を上げた。空は澄み、雲は真白い。夏はもうすぐだ。沙羅の樹も少し蕾を膨らませたようである。

「わたしのことよりも」と、今度は岩が梅に問い返した。

「お梅さまも何かあったんじゃないかしら」

「え……」

「いつの間にか、ずいぶん大人びたような、いえ、とても綺麗になられたわ」

「まあ、そんな」

梅は思わず頬に手を当てた。岩は何でもお見通しだ。梅自身、岩に聞いてもらいたいという気持ちがあった。岩ならきっと、この思いをわかってくれるはずだ。

「実は」と、梅は視線を膝に落とした。

「最近、どういうわけか胸が苦しいんです」

「苦しい？」

岩が問い返す。

「あるお方を思い浮かべただけで、胸がもうきゅうと摑まれたようになってしまうの。それに、空がとても眩しく見えたり、小鳥のさえずりが切なく聞こえたり」

「まあ」

「こんな気持ち、初めてで、いったい何が起こったのかよくわからなくて」

岩が形のよい唇に笑みを浮かべた。

「それは、恋をなされたのですね」

「え……」

梅はまっすぐに岩を見返した。

「きっとそうでございますよ」

「これが恋だと、お岩さまはどうしておわかりになるの？」

「それは今、わたしもお梅さまと同じ気持ちだからです」

「まあ」

それで梅は得心した。ああ、そうなのか。岩も許婚にこのような思いを抱いているのか。これが恋というものなのか。

「お梅さまを、こんなにも悩ませるお方とは、どのような殿方なのでしょうね」

「それが、会ったのは一度だけ。お名前も存じ上げないの」

「まあ」

「この間の四谷稲荷の縁日で――」と、言ったところで、「ごめんください」と、玄関先から聞こえて来た。

「あら、ちょっと待っていてくださいね」

岩が玄関へと向かってゆく。じきに「お上がりくださいませ」との声があった。どうやら客らしい。

部屋に入って来た姿を見たとたん、梅は息が止まりそうになった。

そこに立っているのは、まさしくあの時、梅を救ってくれた若武士だったからである。

岩が恥じらいながら告げた。

「お梅さま、この方が許婚の伊右衛門《いえもん》さまでございます」

布団の中で梅は暗闇を凝視している。

丑《うし》三つ時をとうにすぎたというのに、眼が冴えて、眠ることができない。

こんな偶然が……。

梅は唇を嚙む。あの若武士が岩の許婚であったなんて、何と残酷な巡り合わせだろう。

伊右衛門の姿を見た時、夢を見ているのかと思った。

「あの節はありがとうございました」

我に返って、梅は慌てて礼を言った。

「ああ、あなたはあの時の」

伊右衛門は梅を覚えていた。梅は「はい」と答えるのが精一杯だった。

岩が何事かと驚いている。

「おふたりはお知り合いだったのですか」

「実は、縁日の帰りにやくざ者に絡まれまして、伊右衛門さまに助けていただいたのです」

「まあ、そんなことが」

「もし、お助けいただかなければ、わたしも宅悦もどうなっていましたか」

伊右衛門は首を横に振った。

「ほんの少し脅しただけです。とにかく、ご無事で何よりでした」

岩が傍らでほほ笑んでいる。妹のような梅を伊右衛門が助けたことは、岩にとっても誇らしい出来事であるに違いなかった。

その日から、すべては変わってしまった。

もし、伊右衛門と二度と会わなければ、儚い恋の思い出として、いつか胸の中に埋もれていったかもしれない。けれど、再会してしまった。手を伸ばせば触れるような距離にいた。その瞬間、たちまちのうちに、梅の恋心は激しく燃え上がっていた。

しかし、伊右衛門は岩の許婚である。

どうしようもない、と、梅は自分に言い聞かせる。どんなに思いを募らせようとも、じきに伊右衛門は岩と祝言をあげ、夫婦になる。

まだしもの救いは、恋の相手が、伊右衛門であると岩に告げる前だったことである。もし、あのまま顚末を話し、相手が伊右衛門と知ったら、岩はどう思っただろう。それを考えただけで、いたたまれなさに身が竦んでしまう。

二度と岩の家には行かないと、誓ったはずだった。

姉のように慕っていた岩だが、もうそんな気持ちにはなれない。岩が悪いのではないとわかっている。それでも、身体を駆け巡る烈しい嫉妬を振り払えない。

しかし、三日もたつと、梅はいてもたってもいられなくなった。

岩を訪ねれば、もしかしたら伊右衛門と会えるのではないか、その期待を抑えることができないのだ。たとえ叶わぬ恋でも、ひと目だけでも姿を見たい。お声を聞くだけでもいい。その願望は梅を激しく揺さぶり続けた。たとえ会えずとも、岩から様子を聞くだけでもいい。伊右衛門はどんな話し方をするのだろう。どんなふうに笑うのだろう。ふたりで何を話すのだろう。もう手と手は触れ合ったのか。接吻は交わしたのか。もしかしたら、もっと深く……。想像し始めると、もどかしさのあまりに食事も喉を通らなくなるほどだった。

そして、ついに梅は岩を訪ねた。

平静を装いつつ木戸から顔を覗かせると、岩はいつものように快く迎え入れてくれた。

「まあ、お梅さま、いらっしゃい」

「この間は、失礼しました。突然のことで驚いてしまいましたの。その分、今日はたっぷりお話を聞かせていただこうと参りました」

岩が目を細める。更に美しくなったように見える。

「でも、お話しすることなんて何もないのよ」

「お岩さまとわたしは姉妹のようなもの。どうぞ、何でも話してくださいな」

促されるまま、岩は少しずつ口を開いていった。「伊右衛門さまは蕎麦がお好きなの」「先日、ふたりで川べりを散歩しました」「思いがけず、お花を届けてくださいました」と、頬を染めながら話した。

「まあ、お優しい」

そんな話、聞きたくもない。胸が張り裂けそうになるばかりだ。しかし、おくびにも出さず、梅はにこにこ笑って聞いている。

そうやって半刻ほども話しただろうか、帰りの時刻になって、宅悦が顔を出した。梅が草履に足を滑らせると、思い出したように岩が尋ねた。

「そうそう、お梅さまが仰っていたお方はどうなりましたの？」

「え……」

「ほら、恋のお相手」

梅の頬が強張る。が、素早く無邪気な笑みにすり替えた。

「ああ、あれですか。あれは、縁日の芝居小屋に出ていた役者なんです」

「まあ」

「縁日が終わったら、すっかり忘れてしまいました。梅には、まだまだ恋は似合いません」

岩が笑っている。その笑みが、まるで優越感に浸っているように見えて、梅はそっと顔をそむけた。

帰り道、茫々とした想いで梅は空を見上げた。

伊右衛門への恋慕と、岩への嫉妬が、まるで別の生き物のように、昂ぶり、渦巻き、捩じれ合い、心を引き千切ろうとしている。

最近の梅の様子に、宅悦は心を痛めていた。

理由はわかっている。あの浪人が、岩の許婚であった事実に心を乱しているのだ。

梅の心が、宅悦には手に取るように伝わって来た。

今日も、縁側に座り、虚ろな瞳を浮かべている梅の姿を見つめながら、何とかして差し上げたいと、宅悦は心から思う。梅にはいつも笑っていて欲しい。幸せになって欲しい。千代さまが遺された命である。生きたたったひとつの証である。いいや、それだけではない。自分もまた、まるで父親であるような深い情があった。

どうしたらよいものか、宅悦は考えあぐねた。そして思い余った挙句に、宅悦は伊右衛門に梅の気持ちを伝えることにしたのである。もう、それしか方法が思い浮かばなかった。

伊右衛門が岩の家から出て来るのを待ち伏せた。姿は認めたが、すぐには声を掛けず、四谷稲荷の近くまで行ったところで呼び止めた。

「伊右衛門さま」

伊右衛門が振り返る。

「お忘れでございましょうか。宅悦でございます。あの節は助けていただき、ありがとうございました。お岩さまの家の庭先でもお目に掛かっております」

「ああ、そうでしたね」

「実は、折り入ってお話がございます」

「話？」

「はい。梅お嬢さまについてでございます」

宅悦は松林へと伊右衛門をいざなった。辺りに人の気配がなくなったのを見計らって、おもむろに口火を切った。

「伊右衛門さま、何とお話してよいものか、この宅悦、ずっと悩んでおりました」

深刻な宅悦の様子に、伊右衛門が戸惑っている。

「いったい何があったのです」

「はい、実は……」そして覚悟を決めた。もう、引くに引けない。

「伊右衛門さま、正直に申し上げます。縁日の帰り、やくざ者から助けていただいたあの日から、お嬢さまはあなたさまに心を奪われておいでです。その伊右衛門さまが、お岩さまの許婚として現れた。以来、お嬢さまは叶わぬ恋に苦しんでおられます。そんなお嬢さまの姿を見るのがあまりに忍びなく、こうして参った次第でございます」

伊右衛門は困惑の表情を浮かべた。

「そのようなことを言われても……」

「無茶なお願いとわかっております。それでも、申し上げずにはいられません。伊右衛門さま、どうか、お嬢さまのお心を受け止めてくださいませんでしょうか」

伊右衛門は黙った。

「このようなことを申し上げる失礼をお許しください。お嬢さまは、祖父の喜兵衛さまが目に入れても痛くないほどの可愛がりようです。お嬢さまの望みなら何でも叶えて差し上げるでしょう。喜兵衛さまは引退したとはいえ、まだまだ力を持っていらっしゃいます。孫娘のために、伊右衛門さまを仕官の道に推挙することもたやすくできるでしょう。少なくとも、お岩さまと祝言を挙げるよりは、ずっと恵まれた立場を手にできるはずでございます」

　伊右衛門の表情がにわかに翳った。

「いかがでございましょうか。決して悪い話ではないはずです。どうか、お受けくださるわけには参りませんでしょうか」

「仕官の口と引き換えに、岩どのとの縁組を反故にしろと言うのですか」

「はい」

「宅悦、自分が何を言っているのか、わかっているのか」

　伊右衛門の厳しい口調に、宅悦は怯んだ。

「浪人とはいえ、わたしも武士。餌に釣られて許婚を裏切るなど、できるものか。いや、仕官云々ではない。わたしはお岩どのを一生の伴侶と決めたのだ。その気持ちは何があろうと変わらない」

　厳しい口調に、宅悦の顔から血が引いてゆく。

　伊右衛門が背を向ける。その背に烈しい怒りが広がっていて、宅悦はうなだれるばかりだった。

「今の話は聞かなかったことにする」


　いつか梅のふっくらした頬は削げ、顔色も暗く沈んでいた。身体も痩せて一回り小さくなったようである。さすがに喜兵衛や女中たちも心配し始めている。宅悦の心も痛むばかりだ。

「お嬢さま、千駄木あたりで菖蒲見物が始まったようでございます。気晴らしに、お出掛けになりませんか」

誘っても、梅は黙ったまま首を横に振る。

「では、屋形船で川遊びでも」

「何もしたくありません」

生気のない声で、梅は答える。

「こんなお嬢さまのお姿を見るのは辛うございます。わたしに出来ることがあれば、何なりと申し付けてください」

ふいに、梅ははらはらと涙を溢れさせた。

「宅悦、わたしもどうしたらよいのかわからないのです。苦しくて悲しくて、何を見ても色は消え、何を食べても砂を嚙んでいるよう。生きているのが辛いのです」

「お嬢さま……」

「わかっています。どれほど思っても、あの方に心は届きません。お岩さまに較べれば、わたしなどつまらぬ女です」

宅悦は目を見開いた。

「何を仰います。お嬢さまは美しく、賢く、心の優しい方です。お岩さまにかなわぬなど、あるはずがないではありませんか」

「でも、伊右衛門さまのお心は……」

思わず宅悦は口にした。

「いいえ、違うのです。伊右衛門さまのお心は、本当はお嬢さまにあるのです」

えっ、と、梅が声を上げ、顔を向けた。

「今、何と」

「宅悦は確かにこの耳で聞きました」

梅は身を乗り出した。

「いったい何を聞いたのです」

「勝手をして申し訳ございません。お嬢さまのお姿をみているうちに、どうにも黙っておられず、伊右衛門さまにお話しいたしたのでございます」

「話をしたって、まさか、わたしのこの気持ちを？」

「はい」

「どうしてそんなことを……」

「それよりも、伊右衛門さまのお答えを聞いてください」

「ええ、ええ、聞かせてちょうだい」

梅は食い入るように宅悦を見た。

「伊右衛門さまはこう仰いました。お心はお嬢さまにある。しかし、武士の責務として、お岩さまとの祝言の約束を反故にするわけにはいかぬのだと、辛い胸の内をお話しいただきました」

梅が膝を進めた。

「それは本当ですか」

「はい、確かでございます」

「ああ、そうだったの、そうだったのですね……」

「伊右衛門さまは、武士の定めを守るために祝言を挙げるのです。ですから、お嬢さまがお岩さまに引け目を感じる必要などないのです」

「伊右衛門さまも、わたしを……」

梅の頬が紅色に染まってゆく。

「お嬢さまほどの方なら、これから数多くの縁談も参りましょう。お岩さまの家柄とは格が違います。旗本でも上級藩士でも、伊右衛門さまよりずっとりっぱな殿方がおられます。ですから、どうかあのお方のことはもうお忘れください」

宅悦は梅を見る。しかし、梅は違うところを見ていた。空でもない風でもない、宅悦も知らぬ遠いところを見ていた。

「ああ、なんてこと。伊右衛門さまも、この私を……」


梅は、宅悦から聞いた話が頭から離れなかった。

伊右衛門さまは岩ではなく、わたしに心を寄せている。

言われてみれば確かに思い当たる。岩の家で伊右衛門と会った時、自分に向けられた目には深い慈しみがあった。間違いない。あの目は伊右衛門の心を映し出していたのだ。

岩さえいなければ――。

梅は唇を嚙む。岩は、あの美しい顔の裏側に底意地の悪さを隠し、わたしと伊右衛門さまの仲を引き裂こうとしている。岩がいる限り、伊右衛門さまは真の心を見せられず、苦しみ続ける。

お気の毒な伊右衛門さま、お可哀想な伊右衛門さま。

ああ、岩さえいなければ――。


翌日、宅悦は梅から部屋に呼ばれた。

「心が決まりました」

何を言っているのか、意味がすぐにはわからなかった。

「岩がいる限り、伊右衛門さまとわたしは結ばれません。岩はわたしだけでなく、伊右衛門さまをも不幸にしようとしているのです。岩にはもう、この世を去ってもらうしかありません」

宅悦は慄いた。

「何を仰るのです」

「こんなことを頼めるのはおまえしかいません。宅悦、引き受けてくれますね」

「まさか、お岩さまを殺めろと」

梅は頷く。よもやあの時の自分の言葉が、こうまで梅の心を狂わせるとは思ってもいなかった。伊右衛門の話を作り替えれば、梅が自信を取り戻し、気も晴れるだろうと思ったのだ。

「お嬢さま、どうぞ、お心を鎮めてください。お岩さまを亡き者にするなど、そんな恐ろしい考えはお捨てください」

するとと梅の目にみるみる涙が膨らみ、頬をこぼれ落ちていった。

「けれども、そうするしか方法はないのです。他にどんな手段があるでしょう。伊右衛門さまと夫婦になれないのなら、わたしは自害いたします」

「お嬢さま……」

宅悦の身体が震え出す。梅の言葉には嘘がないように思えた。その目には、ただならぬ決意が窺えた。

そこで宅悦はようやく思い知ったのである。

伊右衛門を思う梅の気持ちはそこまで強いのか。

何があろうと、梅を死なすわけにはいかない。大切な千代さまの血を引いた娘である。そして、宅悦の命そのものだった。梅のためなら何でもする。この手を血で染めるのも厭わない。


家に戻り、宅悦は思案した。

刃物を使えば簡単に殺せるだろう。が、捕まれば死罪になる。命を惜しむつもりはないが、殺めたという証拠は残さない方が事は荒立たない。もともと岩は病弱だ。まるで病に掛かったように亡き者にする手だてはないものか。

宅悦は台所の隅に置いてある木箱に目を向けた。中には鼠捕りの毒団子の材料が入っている。あれを使えばできるのではないか。干して乾燥して粉末にすれば、いつも梅が渡している滋養の薬と偽《いつわ》れるのではないか。

恐怖はある。本当に自分は人を殺められるのか。そんな非道ができるのか。

しかし、それが梅の命と引き換えになるのなら、どうしてなさずにおれようか。


翌夕刻、宅悦は岩を訪ねた。

「お邪魔いたします」

「あら、宅悦さんじゃありませんか。どうなさいました」

「突然に申しわけありません」

玄関に入り、宅悦は頭を下げた。

「さあ、どうぞ。近頃、お梅さまがお寄りになってくださらないので、寂しくしておりました」

「ちょいとお稽古ごとで忙しくしておられますようで」

そこで、宅悦はやおら懐から白い薬包を取り出した。

「御祝言が近いということで、滋養のお薬をお届けに参りました」

「まあ、わざわざ恐れ入ります。お梅さまから？」

黙っていると、岩はひとり合点したようである。

「病弱なわたしを労わってくださるお気持ち、いつも有難い限りです」

「さあ、どうぞお飲みくださいませ」

「今でございますか」

岩が目をしばたたいた。

「お飲みになるのを見届けて来るよう、言われております」

「そうですか。では、すぐにいただきましょう」

岩は疑いもせず、台所に行って茶碗に水を汲んで来た。そして、宅悦の目の前で白い粉を口に含み、流し込んだ。

「ありがとうございました。このお薬をいただくと、いつも身体が軽くなります。どうぞ、伊藤さまとお梅さまにくれぐれもよろしくお伝えくださいませ」

岩はにっこり笑って礼を口にした。

宅悦は岩を見る。食い入るように見る。岩の様子に変わりはない。効かないのか。足りないのか。念のため、巾着の中にもう一包用意してきた。これも飲ませた方がいいのか。

「宅悦さん、どうかなさいましたか」

「いえ……」

とにかく、しばらく様子を見るしかないだろう。

「では、失礼いたします」

宅悦は頭を下げて、いったん外に出た。しかし、すぐに裏に回って木戸から庭に入り、植木の陰に身を潜ませた。岩が座敷に座り、縫物を手にしている。すでに行燈には火が入り、岩の顔にうっすらと影がさしている。

その姿を宅悦は食い入るように見つめた。

幾針か進めたところで、岩がふいに胸元に手をやった。それからくぐもった声を漏らした。

「どうしたのかしら……」

宅悦はじっと見ている。握りしめた手のひらが、汗でびっしょり濡れている。

「ああ、胸が苦しい……」

岩は身体を前のめりにし、がっくりと畳に倒れ込んだ。荒い息遣いが繰り返される。ここからでも岩の身体が波打っているのがわかる。呻き声がだんだんと大きくなってゆく。「苦しい」はやがて「熱い」に変わった。

「熱い、熱い、顔が灼けるように熱い」

風にでも当たろうとしたのだろうか、岩はよろよろと立ち上がり、もつれる足取りで縁側に出て来た。そして、たまりかねたようにがっくりと膝を突いた瞬間、月明かりが岩の顔を映し出した。

ぎゃあ、と、宅悦は叫び声を上げていた。岩の顔は、右の額から目にかけて大きく腫れ上がっていた。腫れは瞼を覆い、爛れたように赤黒く色を変えている。

岩が目を向けた。

「宅悦さん……」

あまりの岩の顔の変わりように、宅悦は腰が抜けて動けない。

「さっきのお薬……」

「あわわ、あわわ」と、口から泡を吹くばかりだ。

「あれは何なのです、いったいわたしに何を飲ませたのです」

宅悦は地面に這いつくばった。

「お岩さま、申し訳ございません。あなたさまには死んでいただくしかないのです。どうか観念して、成仏なさってくださいませ」

「何故です、何故、わたしがこのような目に……」

「こうするしか、お嬢さまの思いを叶えることができないのです。伊右衛門さまを慕うお嬢さまの気持ちを、どうぞわかってやってくださいませ」

「お梅さまが、伊右衛門さまを……」

「どうか、どうか」

「ああ、熱い、顔が熱い……」

岩は立ち上がろうとしたが、縁側から足を踏み外し、庭へと転がり落ちて来た。息遣いがいっそう荒くなっている。呻き声はまるで獣のようだ。宅悦は逃げ出したいのだが、身体が硬直して動けない。顔がよほど熱いのか、岩が池の方へと這いずってゆく。池に顔を覗かせた。そのとたん、驚愕の声を上げた。

「ああ、ああ、何としたこと。これがわたしの顔……。まるで醜い化け物、ああ、何としたこと……」

岩は両手で顔を覆った。その拍子に、前髪がごぼりと束になって抜け落ちた。毛の根元から血が溢れ、顔をしたたり落ちてゆく。

「ああ、髪がこんなに抜けて……。目も当てられぬ変わりよう……。こんな姿を、伊右衛門さまにどうして見せられよう……」

岩が宅悦をかっと睨み付けた。

「何という酷い仕打ち。妹のように可愛がっていた梅に、こんな裏切りをされようとは」

その声は地獄の底から聞こえるようにおどろおどろしく響き渡る。

「どうか、どうか、成仏を」

宅悦は両手をこすり合わせる。

「成仏などするものか。ああ、口惜しい、恨めしい」

しかし、やがて力尽きたのだろう。崩れ落ちるように岩は地面に倒れ込んだ。

恐る恐る、宅悦は近づいた。岩は確かに息絶えていた。右目は腫れ上がり潰れている。しかし左目はかっと見開かれ、烈火のごとくの憎悪に満ちていた。その形相のあまりの恐ろしさに、宅悦はもつれるような足取りで、やっとのこと、その場から逃げ去った。


ひと月がたった。

梅は毎日、焦れた思いを募らせていた。岩が死んだというのに、どうして伊右衛門は訪ねて来てくださらないのだろう。

梅にはその理由がわからない。ふたりの邪魔をしていた岩は死んだのだ。これで誰にも遠慮はいらず、夫婦になれるはずである。

女中から、伊右衛門が今も岩の家に通い詰めているという話を耳にしたのは、そんな時である。

矢も楯もたまらず、梅は屋敷を抜け出した。

「お嬢さま、どうなさったのですか。どこにいらっしゃるおつもりですか」

門の前で呼び止めたのは、宅悦だ。

梅は振り向き、強い口調で宅悦に問い質した。

「宅悦、岩は本当に死んだのですか」

「何を仰います」

周りに人気がないことを確認して、宅悦は声を潜めて答えた。

「もちろんでございます。葬儀もご覧になったでしょう」

「では、どうして伊右衛門さまが今も岩の家へ通っているのです」

「え……」

「おまえは、わたしに嘘をついたのですね。岩はまだ生きているのですね」

「何を仰います。宅悦は確かに毒薬を盛りました」

「その毒薬は本物ですか。見せてみなさい」

「おまちください」

宅悦は、袂から幾重にも油紙で包んだ薬包を手にした。早く処分しなければと思いながら、どこに捨てればよいのか、もし犯行がばれたらと思うと、なかなかその決心がつかなかったのだ。

「これでございます。鼠捕りから作ったこの毒薬を飲んで、お岩さまは確かに亡くなられたのです。この目で最期も見届けました」

梅はその小さな紙包を手にすると、素早く帯の間に挟んだ。

「お嬢さま、それをどうなさるおつもりですか」

「今から岩の家に行きます。もう一度、この薬を飲ませるのです」

「何ですと」

「そして今度こそ、あの世に行ってもらうのです」

「お嬢さま、どうか落ち着いてください」

しかし、宅悦を振り切るように、梅は走り出した。

夏の湿った風が足元にまとわりつく。裾がはだけるのも構わず、梅は走る。早く伊右衛門さまをお助けせねば、その思いだけで走る。

木戸から庭に入ると、縁側に伊右衛門が座っていた。その愛しい姿に、一瞬にして心が浮き立つ。声を掛けようとした時、伊右衛門の背後に岩が寄り添っているのが目に入った。その顔は醜く腫れ上がり、髪は抜け落ち、世にもおぞましい姿である。

やはり、岩は死んではいなかったのだ。あんな醜い姿となりながら、未だ生きながらえていたのだ。

梅は庭を進んだ。伊右衛門が驚いたように目を見開き、立ち上がった。

「梅どのではないか、どうなされた」

「伊右衛門さま、どうかそこにいる岩を打ち払ってくださいませ。そんな醜い姿になってもなお、岩はまだわたしと伊右衛門さまの仲を引き裂こうとしているのです」

宅悦も遅れて庭に入ってきた。しかし、岩にかっと睨み付けられ、射られたように立ち竦んだ。

「梅どの、何を言っているのです。岩はもうおりません。ご存知でございましょう」

「いいえ、います。ほら、伊右衛門さまのすぐ後ろに」

伊右衛門は困惑しながら梅を見つめ返す。

その時、岩がうっすらと笑みを浮かべた。

「お梅さま、あなたがどんなに恋焦がれても、伊右衛門さまのお心はわたしのもの。こんな醜い顔になっても、こうして家にお越し下さるのが何よりの証です」

「いいえ、伊右衛門さまの心はわたしにあります」

梅は強く言い返した。

「ほほ。何という愚かな思い違いでしょう。伊右衛門さまは、最初からお梅さまなど眼中になかったのです。すべてはあなたのひとり合点」

岩の唇に冷笑が浮かぶ。

「嘘よ、嘘。そんなでたらめ、誰が信じるものですか」

「でたらめと思われるなら、わたしと同じ姿になってみなさいませ。それでも、伊右衛門さまがあなたにお気持ちを向けるとの自信がおありですか？　そうであれば、わたしも諦めがつきましょう」

「伊右衛門さまのお心は決まっています。わたしは伊右衛門さまを信じております」

「では、お試しなさいませ。その帯からのぞく白い薬包。それは宅悦がわたしに飲ませた薬と同じものでございましょう。お梅さまも飲まれて、わたしと同じ姿になられるといい」

梅は伊右衛門に目を向けた。

初めての恋。生涯ただ一度の恋。愛しい伊右衛門さまはわたしのもの。

梅は帯の間から紙包を取り出すと、やにわに粉を口にした。

「お嬢さま、何をなさいます！」

宅悦が絶叫する。伊右衛門は訳の分からぬ様子のまま、梅を見下ろしている。

風が吹く。雲が流れて、月が翳る。

梅は胸を抑えた。臓腑がしめつけられる。苦しさのあまり、喉元から呻き声が漏れた。地面に膝をつき、胸元を押さえる。じきに、額から瞼にかけて灼けるように熱くなった。そのあまりの熱さに手をやる。気が付くと、指先にごっそりと髪が絡みついていた。

「ああ、お嬢さま、お嬢さま……」

宅悦の慟哭が耳に届く。

伊右衛門が庭に走り出て、梅を抱きかかえた。

「梅どの、なぜこのようなことを」

「なぜとお聞きなさいますか……わたしは、わたしは、ただ、あなたさまを……」

少しずつ目が見えなくなってゆく。何も聞こえなくなってゆく。意識が遠のいてゆく。しかし、伊右衛門の腕の中で、梅は今、満ち足りていた。

座敷の中からは、岩が静かに梅を見下ろしている。姿はおぞましくとも、その目にすでに怨念はなく、むしろ深い悲しみに溢れていた。

「お梅さま、今はもう、あなたとわたしは同じ」

しかし、その言葉はもう梅には届かない。

声にならない声で、梅は愛しい名を呼び続ける。

伊右衛門さま、伊右衛門さま——。

沙羅の白い花が、ひとつ、ぽとりと地面に落ちた。

真白き乳房

山姥

湿った風が、重く身体にまとわりつく。

すでに陽は落ち、闇がひたひたと押し寄せてくる。葉の擦れる音と山鳥の啼き声が、心細さを煽るように森の中を満たしている。

足先を濡らす感触があり、吾助《ごすけ》は立ち止った。顔を上げると、目の前にぬらぬらと底光りする水面が広がっていた。

「これは、さっき見た沼ではないか」

確かにそうだ。この傍らにある、沼へ枝をせり出した大木にも見覚えがある。引き返したつもりでいたが、どうやら道に迷ってしまったらしい。

「参ったな……」

吾助は息を吐きながら、倅《せがれ》、草太《そうた》に目を向けた。六歳になったばかりの草太は、歩き疲れたのか、膝を抱えてしゃがみ込んでいる。

これ以上、土地勘のない夜の山道を歩き回れば、もっと奥深くに迷い込んでしまうかもしれない。ここは、じっとしている方が得策だろう。

「草太、今夜はここで野宿するぞ」

草太が不安そうな目を向けた。

「なあに、野宿もそう悪くはないさ」

励ますように言うと、うん、と草太は素直に頷いた。が、すぐに「おなか、すいた……」と、力ない声で呟く。

吾助は腰袋から干芋を取り出した。ほんのひとかけらしかない。今夜は峠の宿場に泊まる心づもりでいたので、昼間にすっかり平らげてしまった。

「今夜はこれだけで我慢しろ」

草太は一気に頬張った。満足するはずもないが、どうしようもない。

背負っていた荷物を下ろし、木の陰に、草太と身を寄せ合って蹲《うずくま》った。夏至を過ぎたというのに、夜が深まるにつれて寒さが募ってゆく。草太の身体が小刻みに震えているのが伝わってくる。

突然、草叢がざわめいた。野鼠でも走り抜けたのか。草太が驚いたように吾助の腕にしがみついた。

「怖いか」

吾助が尋ねると、「平気だい」と、草太は強がって答えた。

「そうだな、草太は強い子だから、怖くないよな」

「うん」

「よし。これから、もっともっと強い子になるんだぞ」

「なるよ。おいら、おとうみたいな強い男に絶対なるんだ」

「よく言った。それでこそ、俺の倅だ」

吾助は草太の頭を撫で回す。草太は嬉しそうに笑う。それから、草太は吾助の腕に目を止めて、そっとなぞった。そこには六寸ほどもある大きな傷跡がある。まだ生々しく残るそれは、質《たち》の悪いやくざに絡まれて、ドスで付けられた傷である。同時に、丸腰でも一歩も引けを取らずに闘った証でもあった。

その腕で、すっぽりと抱え込んでやると、ようやく安心したように、草太は目を閉じた。

江戸へ向かう山越えの途中であった。すでに四日がたち、疲れもたまっている。幼い草太にとって厳しい旅に違いなかった。

明日は街道まで戻り、草太をゆっくり休ませよう、遅れた道程も取り戻さなければ、と考えながら、ぼんやり森を眺めていると、重なり合う木々の間にちらちらと灯りが揺れているのが見えた。鬼火か、と、目を凝らしたが、そうではない。どうやら民家の灯りのようである。吾助は慌てて、寝入りばなの草太を揺さぶった。

「草太、起きろ、家がある」

「え……」

「行くぞ」

下ろした荷物を再び背負い、吾助は草太の手を引いて、藪を掻き分けながら進んで行った。闇が迫り、足元がおぼつかない。灯りを頼りに四半刻ばかりもかかってようやく辿り着いたのは、質素な庵《いおり》であった。

表戸の前に立ち、吾助は声を掛けた。

「もし、このような真夜中に申し訳ありません。旅の者ですが、道に迷ってしまいました。ご迷惑とは思いますが、今夜一晩、お泊めいただくわけにはいきませんでしょうか」

中で人の気配がしたかと思うと、やがて表戸が開けられ、蠟燭《ろうそく》を手にした女が現れた。

「それは難儀でございましたね」

その姿を見て、思わず吾助は目をしばたたいた。三十ばかりの、美しい年増女である。

「みすぼらしい所でございますが、さあ、どうぞ、お入りくださいませ」

「ありがとうございます」

吾助は礼を言い、促されるまま草太と共に足を踏み入れた。土間で草鞋を脱いでいると、女は水を満たしたたらいを持って来た。恐縮しつつ、足を洗い、囲炉裏《いろり》のある板の間に上がった。

「このような山奥ゆえ、何もございませんが、せめて粥《かゆ》でもご用意いたしましょう」

「いえ、どうぞお構いなく」

「大した手間ではございませんから」

女は台所に消え、しばらくして鉄鍋を運んで来た。消えかかっていた囲炉裏の火を熾《おこ》し、自在鉤《じざいかぎ》に掛ける。鍋がだんだんと温まってゆく。女が蓋を開けて、木しゃもじでかき回す。香ばしい匂いが立ち昇り、草太がごくりと唾を呑み込んだ。

「さあ、どうぞ」

女が粥を盛った椀を草太に差し出した。草太が、いいの？　というように吾助に顔を向ける。頷くと、ぱっと表情を輝かせて、受け取るや否や恥かしくなるくらいの勢いで食べ始めた。

「たんと、おあがりなさい」と、女は小さく笑い「ととさまも」と、吾助にも椀を差し出した。

「ありがとうございます。では、いただきます」

ひとくち啜ると、口の中に濃厚な脂の味が広がった。ただの粥とは違う。見ると、淡褐色の塊がいくつか入っている。

「お口に合いませんでしたか」

女が尋ねた。

「いえ、大変にうまいです。中に入っているのは……」

「ああ、それはこの辺りで獲れた兎の肉です。手に入った時に、酒に漬けて保存しているのです」

「なるほど、うまいはずだ」

粥は空腹と冷え切った身体に沁み渡った。厚かましいと思いつつ、ふたりとも三杯もおかわりをした。すっかり満腹になり、人心地ついた頃にはもう、草太はうつらうつらし始めていた。

「坊、隣の部屋に布団が用意してあります。そちらでおやすみなさい」

吾助は慌てて首を振る。

「とんでもない。俺たちなら、板の間の隅でかまいませんので」

「けれど坊はとても疲れている様子。遠慮はいりません。さあ、坊、参りましょう」

女は草太を隣室に連れて行った。


ちろちろと囲炉裏の中で燠火《おきび》が紅く揺れている。夜は重く帳を下ろしている。遠くで獣の遠吠えがする。隣の部屋からはもう、草太のあどけない寝息が聞こえてくる。

戻って来た女は、吾助のために酒まで用意してくれた。

「この森で採れた木の実で作ったお酒です。お口に合うかどうかわかりませんが、よろしければ」

とろりと白濁した酒からは、芳醇な香りが立ち昇り、鼻先を妖しくくすぐる。

「申し訳ない。では、有難く頂戴します」

吾助は杯を口に運んだ。飲み心地がいい。喉をするりと通ってゆく。一気に飲み干して、吾助はふうと息をついた。

「さあ、もう一杯」

女がにこやかに笑う。勧められるまま、吾助は杯を受けた。

「そう言えば、まだ名乗っていませんでした。俺は上州から参りました吾助と申します。倅は草太。江戸へ参る途中です」

「そうでございましたか」

「先を急いで、つい道に迷ってしまいました。あなたさまの家がなければ、野宿するしかありませんでした」

「この辺りは、街道と獣道が入り組んで、こうして時たま、迷われた方が訪ねていらっしゃいます」

言いながら、女が後ろでひとつに束ねた髪のおくれ毛を、華奢な指で撫で上げた。その仕草がひどく艶めかしくて、つい目が釘付けになる。吾助は慌てて視線を逸らした。

「ああ、やっぱりそういう旅人もいなさるんですね。暗闇の中をうろうろしていましたので、あやうく沼に足を取られてしまいそうになりました」

「まあ、大事にならなくてようございました。あの沼は水際からすぐ切れ落ちていて、底なしなのでございます。落ちたら命は助かりません」

それを聞いて、今更ながら背筋が寒くなる。もしあのまま突き進んでいたら、草太と共に溺れ死んでいたかもしれない。

「吾助さんは、どうして江戸へ？」

女が囲炉裏に枯れ木をくべた。

「俺は大工なんですが、ちょいと地元のやくざもんと揉め事を起こしてしまいまして……。居づらくなっていたところに、昔お世話になった棟梁から、江戸でいい仕事の口があるから来ないかと手紙を貰いまして、四日前、故郷から出て来た次第です」

「そうでございましたか。おかみさんはご一緒では？」

「三年前、流行病であっけなく」

「まあ、それはお気の毒なことで……」

女がため息をつく。

「あんな可愛い子を遺して、さぞかし心残りだったでしょうね」

「その分、俺がしっかり育ててやらなければと思っています。あの、あなたさまは、ご主人は」

女は小さく首を横に振った。

「えっ、おいでになりませんので？」

「ええ」

「では、こんな辺鄙な山奥で、たったおひとりでお暮らしなのですか」

女が儚げに頷く。美しいだけでなく、所作も言葉遣いも品のいい女が、このような場所でひとり暮らしとは、と、吾助は不思議に思う。暮らしは生半可なものではないだろう。食べ物や着る物はどうしているのか。きっと抜き差しならない事情があるに違いない。興味はあるが、そこまで立ち入るのはさすがに気が引けて、吾助は言葉を呑み込んだ。

「さあ、もう少し、お召し上がりくださいませ」

勧められるまま、吾助は杯を重ねてゆく。明日の旅立ちを考えれば、そろそろ休まなければいけないのだが、同時に、この美しい女の前から離れたくないという思いもある。

酔いが回ってゆく。見えるものすべてに、薄ぼんやりと霞がかかっている。女が何気なく足を崩した。着物の裾から白い素足が覗き、くるぶしだけがほのかに桃色に染まっている。

吾助はつい目が離せなくなった。聞こえるのは薪の爆《は》ぜる音と、自分たちの息遣い。頭の芯がじんと痺れてくる。妖しげな興奮が身体の奥深くから湧き出てくる。

いつの間にかまらが固くなっているのに気づき、吾助は慌てた。助けてくれた御仁に、こんな疚《やま》しい思いを抱くなんて畜生にも劣る。

「吾助さん、どうかなさいましたか」

「いえ、別に」

どぎまぎしながら吾助は答えた。

ふいに、女が膝を進めて吾助に近づいた。「さあ、もう少し」と、杯に酌をする。着物の襟元からむせかえるような女の匂いが溢れてきて、吾助はくらくらした。

女房が死んでから三年、ずっと女の肌に触れていない。まらはすでに炎の柱となっている。ふと、この女も寂しい夜を過ごして来たのではないか、と思い始めた。女盛りの年である。ここまで親切にしてくれるのは、女の方にもその気があるからではないか。そう思ってから、吾助は慌てて打ち消した。そんなわけはない。こんな美しい女が自分のような田舎者など相手にするはずがないではないか。

一線を踏み越えたのは、風であった。

どこからか忍び込んで来た夜風が、行燈の灯を揺らし、一瞬ぽっと燃え上がったかと思うと、はらりと消えた。囲炉裏の熾火が、紅く女の顔を照らしている。女と目が合った。女は吾助から目を離さない。

いいのか。本当にいいのか。

いつか逡巡は頭から吹き飛んでいた。

板の間に押し倒し、唇を重ねた。舌を差し込むと、応えるように女も絡めてくる。そうか、やはり同じ思いだったか、と吾助は心を躍らせる。

生温かい唾液がふたりの口を行きかう。その粘っこさが興奮をいっそう高めてゆく。たっぷりと接吻を交わしてから、吾助は両手で女の着物の襟を広げた。眩しいほどの白い乳房がぽろりとこぼれて露わになった。華奢な身体に似合わず豊満な乳房である。吾助はその蕾に吸い付いた。舌先で転がすと、女が吐息のような声を漏らす。それでもねろねろとなぶり続けると、たまりかねたように身を捩じらせ、その拍子に裾が乱れて両足が剝き出しになった。

吾助はすかさず足の間に手を差し入れた。まさぐれば、そこはすでにしとどに濡れている。花びらを押し広げて、吾助は小さな突起を探り当てる。それは熱を持ち、ぷっくりと膨れ上がっている。指先で愛撫すると、女は背をのけ反らせ、いっそう淫らな声を上げた。そのまま会陰に指を滑り込ませる。奥まで入れて、陰核の襞の上側をそろりと撫で上げる。女の身体が打ち震える。

吾助は褌からまらを引き出した。それはもう、痛いくらい固くそそり立っている。女の足の間に身体を割り入れ、片方の足を高く持ち上げて、そのまま深く身体を沈み込ませた。ずぶずぶとそれは呑み込まれる。蜜壺の中できゅうと締め上げられる。

うう。

吾助は喜悦に呻く。女の手が吾助の腰を摑む。もっと深く、とでもいうように、しっかりと摑む。

いきなり、女が身体を入れ替えた。繋がったまま女が上になる。驚きはしたが、快感はさらに深くなった。女は腰を動かしながら、さらにまらを締め付ける。身体が熱い。身体そのものがまらになったかのように熱い。恍惚のあまり、吾助は目を閉じる。繋がり合う生々しい音が夜の底に広がってゆく。

まらが爆発する瞬間、吾助は薄く目を開けた。

そして、驚きのあまり息が止まりそうになった。そこにいるのはあの美しい女ではなかった。白髪を振り乱し、ぎょろりと見開いた目と大きく裂けた口、頬は削げ、シワとあばたが広がった老婆の顔があった。

あ、ああ……。

吾助は叫ぶ。しかし、その首にはすでに指が食い込み、きつく絞められていて、声にならない。

恐怖が押し寄せる。しかし、走り出した快感は止まらない。せめぎあうふたつの感覚の中で、まらが激しく精をほとばしらせる。と同時に、吾助は意識が遠のいてゆくのを感じた。

目が覚めると、ここがどこだかすぐにはわからなかった。見知らぬ部屋に、見知らぬ布団。宿屋ではない。そうだ、ゆうべ道に迷い、庵を見つけて一晩やっかいになったのだ。しかし、おとうの姿はない。

おとう、と、草太は声に出して呼んでみた。返事はない。布団を抜け出して、戸を引いた。囲炉裏端に昨夜の女が座っていた。

「あら、坊、起きなさったの」

「おとうは？」

「まずは顔を洗っていらっしゃい。台所に水桶がありますよ」

草太は頷き、言われた通りにした。囲炉裏端に戻って来ると、昨夜と同じように、女は自在鉤に掛けられた鉄鍋から粥をよそった。

「さあ、たんとお食べなさい」

「あの、おとうはどこに？」

女は少し困った顔を返した。

「実はね、坊に話さなければならないことがあるのです」

「話？」

「驚くかもしれないけれど、ととさまは朝早くに旅立たれました」

「え……」

草太は目を丸くした。

「先に江戸に行って、住むところなどを決めて、それから坊を迎えに来ると仰っていました」

「そんな……」

驚きのあまり、身体から血の気が引いてゆく。

「おとうがおいらを残してひとりで行ってしまうなんて……」

みるみる涙が溢れてくる。そんな草太に女はにじり寄ると、両手で身体を抱き締めた。

「大丈夫、ととさまはすぐに戻って来られますよ」

「でも、でも……」

「さあ、泣かないで」

女が着物の袖で、草太の零れ落ちる涙を拭う。

「坊は、ととさまの言葉を信じないのですか？　ととさまも、坊を残して行くのは辛かったでしょう。坊と江戸で幸せに暮らすために、後ろ髪を引かれる思いで決められたのです。しばらく、ほんのしばらくのことだから、わたしと一緒にここでととさまの迎えを待ちましょう。さあ、粥をお食べなさい。大きくなって、元気な姿をととさまにお見せしなければ」

女が椀を差し出す。草太は頷き、それを手にした。おばちゃんの言う通りだと思った。おとうはすぐに迎えに来てくれる。泣いてなんかいたら、あとでおとうに笑われる。

涙はすぐには止まらなかった。しかし草太はそれを隠すように、粥を口の中に押し込んだ。昨夜とはまた違う、濃厚な味が口の中に広がった。


五日たっても、十日たっても、おとうは迎えに来なかった。

昼間は気丈に振る舞っていても、やはり夜ともなると、心細さに枕を濡らしてしまう。布団の中で、草太は声を押し殺して泣いた。

「坊……」

隣の布団から、女の声があった。

「泣いているの？」

ううん、と、草太は首を振る。

「いいのよ、寂しいのは当たり前ですもの」

女が草太の布団の中に入って来た。そして、両手で草太を抱きしめる。鼻の奥に、ふわりと甘い匂いが広がってゆく。懐かしい匂いだった。母と同じ匂いだった。柔らかく草太の顔を押し返すその胸の膨らみも、また。

「おかあ……」

草太は思わず呟く。

「触りたい？」女が言った。

「お乳に触りたかったら、触ってもいいのよ」

草太はどぎまぎする。

「だって……」

女は自ら寝巻の襟元を開いた。白く豊満な乳房が目の前に現れて、頭の中がかっと熱くなった。乳は、母そのものだった。

「さあ、触って」

女の言葉に心が揺らめく。気が付くと、草太は遮二無二、乳に顔を押し付けていた。


ひと月が過ぎ、ふた月が過ぎ、新しい季節が訪れようとしていた。

まだ、おとうは現れない。

おとうはどうして迎えに来てくれないのだろう。もしかしたら、おいらのことなど忘れてしまったのだろうか。そんな思いが頭を横切り、草太はたまらなく不安になる。

それを察したかのように「もうすぐですよ、もうすぐ、ととさまは迎えにおいでになりますよ」と、女は言う。本当にそうだろうか。自分は捨てられたのではないだろうか。それとも、旅の途中、おとうの身に何かあったのかもしれない。

けれども、どう思いを巡らせようと、自分にできるのは、信じて待つことだけだった。

迎えを待ち焦がれながらも、いつか女との暮らしにも慣れるようになっていた。

日の出とともに目を覚まし、朝飯を済ますと、森に入り、薪を集めたり、木の実や山菜を採ったりした。女はいつも優しかった。草太のために炊いてくれる粥もまた、いつもたいそう美味しく、このひと季節の間に、身体も一回り大きくなったようである。そんな草太を、女はいつも目を細めて眺めた。「もっとお食べなさい、もっと大きくおなりなさい」が、女の口癖だった。

ただひとつ、約束事があった。裏の納屋に入ることだけは固く禁じられていた。そこには古い農機具や狩り道具が置いてあり、もしそれで怪我でもしたらととさまに申し訳が立たない、と、女は言った。

夜はいつも女と一緒に眠る。女の乳に顔を埋めていると、時々、もやもやしたものが頭に浮かび、ちんちんがむず痒くなった。それは今まで経験したことのない感覚だったが、草太をうっとりさせるには十分だった。おとうと離れて暮らす寂しさも、それで紛らわすことができるのだった。

その夜、夕刻から雨が降り出した。初秋の冷たい雨である。

いつものように、女と一緒に寝ていると、慌ただしく表戸の叩かれる音で目を覚ました。

「おとうだ」

草太は布団を撥ね除けて、表戸へと走った。

「おとう、おとう、やっと迎えに来てくれたんだね」

慌ててつっかい棒を外して戸を開けたが、そこにいたのは見知らぬ男だった。

「旅の者ですが、どうやら道に迷ったようでございます。申し訳ありませんが、今夜一晩、泊めていただけませんでしょうか」

いつの間にか、草太の背後に女が立っていた。

「まあまあ、それは難儀でございましたね。どうぞ、お入りくださいませ」

おとうじゃなかった……。草太はがっくりと肩を落とした。

「いやぁ、助かりました。何しろ、この雨でございましょう。凍え死ぬんじゃないかと思いましたよ」

男は土間で蓑笠を脱ぎ、雨を払う。首に結ぶ赤い紐が、薄暗がりの中でやけに鮮やかに映った。女が足を洗うためのたらいを持って来た。

「さあ、お上がりになってくださいまし。今、囲炉裏の火を熾しましょう。ゆっくり温まってくださいませ」

「ありがとうございます、では遠慮なく」

囲炉裏端に座った旅人は、立ち尽くしたままでいる草太に目を向けた。

「息子さんですかい？」

「ええ、そうなんですよ」と、女は答え、それから草太に「部屋に戻ってお休みなさい」と告げた。草太は頷き、言われた通りにした。

囲炉裏部屋から、女と旅人の声が聞こえる。旅人は何度も礼を言っている。きっと、おいらとおとうの時と同じように、これから粥を振る舞ってやるのだろう。

どれくらいたったのだろう。

何か聞こえたような気がして、草太は薄く目を開けた。

半分は夢うつつである。風の音かもしれない。薪が爆ぜたのかもしれない。再び目を閉じようとした時、囲炉裏部屋との仕切りとなっている障子戸にふわりと影が浮かび上がった。あれは何だろう、草太はぼんやり考える。人影というより、まるで大きな獣のような、それが怒り狂って毛を逆立てているような、聞こえているのは唸り声だろうか。

草太は再び眠りに落ちていた。

翌朝、ゆうべの旅人の姿はなかった。

「朝早くに出発されました」と、女は言った。

「えっ、もう……、まだ雨も降っているのに」

「急ぎのご用がおありなんでしょう」

ここずっと女以外と言葉を交わしてなくて、旅人と話すのを密かに楽しみにしていた草太はがっかりした。

秋が深まりつつあった。

空気は澄み、木々の紅葉が始まり、朝夕の冷え込みがきつくなる。夜は満天の星となった。

草太は変わらず、おとうの迎えを待っている。今もおいらのことなど忘れてしまったのではないか、と、泣きたくなる夜もあるが、女の胸に抱かれていると、そんな寂しさも和らいだ。いつか草太は、女を、母と重ねるようになっていた。

「坊、近頃、また大きくなったみたいね」

布団の中で、女が草太の背中をさする。

「そうかな」

「たくさん食べて、もっと大きくなるんですよ」

草太は顔を向けた。

「おばちゃんは、どうしておいらに、そんなに大きくなってほしいの？」

「それはね、迎えに来たととさまをびっくりさせてあげたいからよ」

女は草太を抱きしめる。乳房が柔らかく押し付けられ、草太は心地よさにうっとりする。

「ねえ、おばちゃん」

草太は言った。

「なあに」

「おとうが、おいらを迎えに来たら、おばちゃんはどうするの？」

「どうするって？」

「ここに残るの？」

女が口を噤《つぐ》んだ。

「あのさ、その時は、おばちゃんも一緒に江戸に行かないかい」

「え……」

薄闇の中で目が合った。

「行こうよ、ね、行こう。それで、それで……おいらの、おかあになってよ」

女は押し黙った。

「おかあが死んでから、こんなにやさしくされたことなんて一度もなかった。おいらにとって、おばちゃんはもうおかあと同じだよ。おとうが迎えに来てくれるのはうれしいけど、おばちゃんと離ればなれになるのはいやだ。ずっとずっと、一緒にいたい」

「坊……」

「おとうだって、おばちゃんみたいなやさしくてきれいな人が、おいらのおかあになってくれたら、ものすごくよろこぶよ」

女は黙ったまま、再び草太を抱きしめた。その身体が少し、震えていた。


森の中でアケビを見つけた。

淡紫の果実が熟して、ぱっくりと縦に口を開け、中身を露わにしている。

あのほのかな甘さを思い出し、おばちゃんに食べさせてあげたい、と、草太は思った。

落ちていた枝を拾ってみたが、これで突ついても、せっかくの果実を傷つけてしまうだろう。蔓ごと切ればいい、と考え、納屋になら鎌《カマ》かナタがあるに違いないと思い至った。入ってはいけないときつく言われているが、女を喜ばせたい一心で、草太は庵まで戻り、こっそり納屋の戸を開けた。

中は薄暗く、湿っぽく、その上ひどく生臭かった。奥に大きな樽がある。どうやら、この臭いはそれから発せられているようだ。草太は壁にナタが掛けてあるのを見つけて手にした。その時ふと、納屋の隅に蓑笠があるのが目に入った。赤い首紐が付いた蓑笠だ。

あれは……。

見覚えがあった。秋の初め、雨夜に訪ねて来た旅人の蓑笠ではないか。置いて行ったのだろうか。けれども翌朝も雨は続いていた。なければ、旅人も困ったろうに……。

その蓑笠の下に、何枚かの着物がまるめてあり、その中に見慣れた柄を見つけて、草太は思わず手にした。

この着物は……。

何で、おとうの着物がここにある。おとうは江戸に行っている。もうすぐ、草太を迎えに来る。いや、まさか。おとうの着物のはずがないではないか。似ているだけで、別の誰かのものに決まっている。

それにしても、この臭いは何なのだろう。いったい、この大きな樽の中には何が入っているのだろう。漬物か、味噌か、それとも酒か。樽は巨大で、胴回りは一間ほどもある。高さは草太と同じくらいだ。

怖いもの見たさも手伝って、草太はナタを置き、近くにあった桶を持って来た。それを逆さにして足台にし、樽を覗き込む。蓋が見えて、そっとずらした。

その瞬間「うわぁ」と、叫び声を上げてのけ反った。そこに人の顔があったからだ。驚きのあまり足台から落ちそうになった。落ちまいと反射的に樽の端を掴み、そのせいで樽が大きく傾き、しかも傾くだけでは納まらず、ひっくり返った。

草太は樽の中身を浴びながら、床に尻餅をついた。目の前に広がる人の顔、人の手、人の足、切り刻んだ肉片。草太の身体はがくがくと震え出した。

これは夢だ、おいらは悪い夢を見ているに違いない。草太は荒い息を繰り返した。この惨状はそうとしか思えない。

その時、目の前にある一本の腕らしき肉片に目が吸い寄せられた。六寸ばかりの大きな傷が見える。

これは、これは……。

「おとう……」

まさしく、父、吾助の腕であった。

「おとう、おとう、おとう……」

草太は口の中で繰り返す。何がどうなっているのかわからない。恐怖と混乱で、目の前のあり様が受け入れられない。

その時、納屋の戸ががらりと開いた。顔を向けると女が立っていた。

「坊、見たな」

草太は身体を震わせたまま、女を見上げた。

「こ、これは、おとうなのか」

女は何も答えず、石のような冷たい目を返した。

「おとうは死んだのか？　まさか、おばちゃんが……」

「そうだ、わたしが殺めた」

「どうして、そんなこと……」

女は草太を一瞥《いちべつ》し、ゆっくりと首を回すと、後ろでまとめていた髪をふりほどいた。その瞬間、あの美しく優しい女は、逆立った白髪と、ぎょろりとした目、口の大きく裂けた恐ろしい老婆に姿を変えていた。

「教えてやろう、人を食って生きているからだ」

草太はただ呆然としている。

「わたしはこの森に棲む化け物だ。おまえと同じ年の頃、口減らしでこの森に捨てられた。それから、恨みと憎しみにまみれながら生きて来たんだ。虫でも蚯蚓《みみず》でも、泥さえ食って来た。そのうち、こんな生き物になってしまったのさ。人を食うなど造作ないこと。人の肉はうまかろう？　おまえも食ったからわかるだろう」

「おいらも……」

女が笑う。

「ああ、おとうの肉を食ったではないか」

草太は絶句する。毎日出される粥に入っている肉、あれは兎ではなく、おとうの肉だというのか。瞬く間に臓腑がせり上がるような嘔吐感が押し寄せた。

「おまえも、もっと大きく育ててから食おうと思っていたが、これを見られたのなら仕方ない。今すぐ食ってやる」

女が近づいてくる。草太は恐怖のあまり動くことができない。女が覆い被さろうとした。その寸前、素早く身をかわし、もつれる足で戸口へと走った。

森に向かって、草太は駆け出した。木々の枝が顔に当たる。濡れた草に足が滑りそうになる。陽は暮れ始めている。森が暗く沈んでゆく。

何度も転び、何度も起き上がり、草太は走った。いったいどこを走っているのか見当もつかなかった。しかし、足を止めれば追いつかれる。あの妖怪に食われてしまう。息が上がる。足が攣《つ》る。それでも走る。どこまでも走る。走りながら、時折後ろを振り返る。木々の隙間から、女の銀色に光る白髪が見える。それがぐんぐん近づいてくる。

草太の脳裏に、優しくほほえむ女の顔が浮かんだ。おばちゃん、と、草太は問う。あれはおいらを食うためのまやかしの姿だったのか。

ふと、足先が冷たく濡れるのを感じて立ち止った。目の前に沼が広がっていた。見覚えがある。おとうと迷ったあの場所だ。引き返さなければと草太は振り向く。けれども、女の声が迫って来る。

「どこだ、どこにいる、逃がしてたまるものか」

戻れば女とかち合う。捕まったらおしまいだ。どこか身を隠す場所はないものかと、草太は辺りを見回した。そして沼の傍らに立つ大木に気づき、それに登り始めた。もうそこしか逃げ場はない。沼にせり出している枝まで登り、小さくなって息を潜めた。

すでに日は落ち、水面にぽっかりと月が映っている。

すぐに女が姿を現した。肩ではあはあと息をしている。沼の前で立ち止まった女は、血走った眼で辺りをぎょろりと見廻した。月明かりを受けて、女の髪はますます銀色に輝いている。

「どこに行った、どこに行った」

女の苛立った声が聞こえる。

おとう、助けて……。

草太は枝を握りしめる。女はしばらくうろうろと、木陰や岩の後ろを見て回った。

「いない、いない、そんなはずはない」

そして、沼を見やったかと思うと、突然、木の上の草太に顔を向けた。

「そこか」

月明かりで、草太の姿が沼の水面に映し出されていたのである。

「降りて来い、さあ早く降りて来い」

「やだ、降りるもんか」

草太は身体をぶるぶる震わせながら、しっかりと枝にしがみついた。

「そうか、だったらこっちから行ってやる」

女が木を登って来る。草太もまた先へと進んでゆく。けれども、それ以上は無理だった。目の前はすでに先端だ。

「もう、逃げられないぞ」

見下ろすと、すぐそこに女の顔があった。大きく裂けた口の中に尖った歯が並んでいた。もう駄目だ、捕まってしまう。女の手が伸びる。草太の足首を捕まえようとする。

まさにその時である。女の乗った枝が大きくたわみ、ばきりと音をたてて折れた。ああっ。

叫び声とともに、女の身体が沼へと落ちて行く。激しい水しぶきが上がったかと思うと、女は沼の中でもがき始めた。

草太は急いで木から降りた。逃げるのは今だ。走り出そうとした草太の耳に、女のもがき苦しむ声が届いた。このまま沼に沈み、死んでしまうのだろう。

逃げようとしたのだが、どういうわけか足が動かなかった。振り返ると、月明かりの中、女の顔が沼に消えようとしていた。

「おばちゃん……」

草太を包み込む、女の体温が蘇る。草太をうっとりさせる、柔らかな乳の感触が思い出される。あれはおかあと同じものだった。おかあそのものだった。気が付くと、草太は近くにあった長い折れ枝を手にしていた。それを持って沼の縁まで行き、女へと投げかけた。

「さあ、これを摑んで」

もがきながら、女が必死にそれを手にする。ぐぐっと引っ張られ、草太まで沼に引きずり込まれそうになる。草太は両足を踏ん張った。汗びっしょりになりながら、ようやくのことで女を岸まで引き上げた。

力尽きて、その場にへたり込んだ草太の足を、女がしっかりと掴んだ。

「さあ、これでもうおまえは逃げられないぞ」

恐怖が再び草太を襲う。

「おいらを食べるの？」

女はずりずりと草太の身体を這い上がり、首に手をかけた。

「ああ、そうだ。そうされるのがわかっていて、わざわざ助けるなんて、何て馬鹿な子だ」

「だって、放ってなんかおけないよ。おばちゃんはやさしくしてくれた。おばちゃんのこと、本当のおかあみたいに思ってたんだ。そんなおばちゃんを、見殺しになんかできるもんか」

「馬鹿な子だ、何て、馬鹿な……」

草太は目を瞑った。ああ、殺される。おとうやあの旅人と同じように、殺されて、食われてしまう。

しかし、やがて女の手から力が抜けていった。顔にぽたぽたと水滴が落ちてくる。沼の水かと思ったが、やけに生温かい。うっすらと目を開けると、ぎょろりと血走った目から、それは落ちているのだった。

「おまえのおとうを殺め、食うような、こんな化け物をおまえは……」

女は草太から離れると、身体を丸めるようにして小さく蹲った。

「おばちゃん……」

「行け、行くんだ」

叱りつけるように女は言い、草太に背を向けたまま夜空を指差した。

「あそこに赤い星が見えるだろう。あの星を頼りにひと晩走れば、人里に出る。いいか、わたしのことは決して口にするな。この場所のことも誰にも喋ってはならない。もし、約束をたがえたら、必ずおまえを探し出し、食い殺しに行くからな」

「う、うん……」

「さあ、早く。わたしの気が変わらないうちに、早く行け」

草太は立ち上がり、赤い星を目印に走り始めた。背後から、獣の雄叫びのような慟哭が聞こえてくる。それが少しずつ、小さくか細いすすり泣きに変わってゆく。

女の優しい笑みと、柔らかな乳の感触が蘇る。今もまだ、すべてが夢であるような気がする。夢であって欲しいと願う自分がいる。

森は暗く、濃く、湿っている。草太は走る。驚いた鳥が飛び立ってゆく。

苦しい。息が切れる。足が重い。もう、駄目だ、走れない。

どこからか、おとうの声が聞こえてきた。

「がんばれ、草太。おまえは強い子だ。おまえなら走れる」

それは自分の身体の中から聞こえてくるように感じた。

そうか、と、草太は合点する。おとうの肉を食べて、おとうとおいらは、ひとつになったんだ。

草太は空を見上げる。生い茂る木々の間に赤い星を探し、それを見失わないよう目を凝らす。空が近づいてくる。まるで空に向かって走っているような気持ちになる。草太はひたすら走り続けた。

夜はまだ深い。

白鷺は夜に狂う

六条御息所

これだけは先に云っておかねばなりません。

わたくしはもとより、あの方を受け入れるつもりなどございませんでした。わたくしは先の皇太子の妻であったのです。夫が生きていれば皇后となっていた身。その矜持は、寡婦《かふ》となってからも、わたくしの支えでございました。どうして他の男になど心が動きましょう。

確かに、夫の死は、わたくしの人生を大きく変えました。けれども、これも運命と云うもの。神仏を恨む気など毛頭ございません。ひとり娘を連れて実家に戻ってからは、亡き夫の霊に手を合わせ、自分を律し、世間から後ろ指を差されることのなきよう、心静かに過ごしていたのです。

それなのに、あの方は荒々しくわたくしの前に現れました。

その夜のことは、今もはっきりと覚えております。

満月の夜でございました。漆黒の空に、月が恐ろしいほど妖しい輝きを放っておりました。わたくしは魅入られたかのように、寝殿《しんでん》の廊に出て、ひとり眺めておりました。月は中庭の池にも映り、水面に揺れる姿も風情のある様子でございました。

そこに、突然、あの方が現れたのです。

驚きのあまり、声も上げることができずにいると、あの方は密やかに言いました。

「ご無礼をお許しください。白鷺を追っているうちに、いつの間にかお屋敷に迷い込んでしまいました」

暴漢や盗賊でないことは、月明かりに映し出されたその姿で察せられました。整ったお顔立ちと贅沢な狩衣《かりぎぬ》、まだ幼ささえ残る若く美しい公達《きんだち》でございました。

何よりも、わたくしは、白鷺という言葉に胸を衝かれておりました。

今は六条御息所《ろくじょうのみやすどころ》と呼ばれておりますが、わたくしの幼名は白鷺でございます。その名のように、自由気ままに空を飛べたらと、考えることがよくありました。まさにその時も、白鷺となって月へと向かう自分を夢想していたのです。もしや、この方は、そんなわたくしの姿を見たのではないかと思われたのです。

「あなたは白鷺の精なのですか」

その方が尋ねました。戯れ言には聞こえませんでした。わたくしは落ち着きを取り戻し、凛と姿勢を正しました。

「残念ながら、そうではございません。白鷺はもう夜空に帰ったようでございます。どうぞ、あなたさまもお帰りくださいませ」

けれども、その方は涼やかな声で言うのです。

「いいえ、私にはあなたが白鷺に見える。その美しく、高貴なお姿に、一瞬にして心を奪われてしまいました」

今更、そのような甘言で心が揺れるほど子供ではございません。御簾《みす》の中に身を隠すこともできましたが、年下の公達相手にそうするのは何やら負けのような気がして、わたくしは真っ直ぐにその方を見返しました。

「月のせいでございましょう。月光は人の目を惑わす魔力があると聞きます」

「もう少し足を進めてもよろしいですか」

「いいえ、いけません。お帰りにならないと、周りの者を呼びます」

「たった今、お会いしたばかりというのに、どうしたことでしょう。私たちは結ばれる運命にあると思えてならないのです。このような気持ちになるなど、我ながら信じられません」

「何かお心得違いをなさっているご様子」

「あなたのお顔をもう少し間近で拝見したい」

その方はなかなか引き下がろうとしません。わたくしはとうとう奥に向かって声を上げました。

「誰かおらぬか」

そして、再び庭に目をやった時にはもう、その姿は見えなくなっておりました。

文が届いたのは、翌日でございます。

香をたき染めた薄様に、品よく力強い文字が連なっておりました。歌もまた、才を感じさせる奥深きものでございました。

わたくしはその時初めて、あの方が、光る君であることを知ったのです。

噂では聞いておりました。桐壺帝の皇子にして、源氏の中将。文武に長け、当代一の美しい公達と宮中でもてはやされているお方です。

女房たちはすっかり舞い上がり、あの光る君さまから文が届いたと、地に足が着かない様子でございました。

けれども、わたくしはただただ困惑しておりました。

光る君は七歳も年下でございます。ましてや、すでに葵の上《あおいのうえ》という正妻をお持ちです。そのような方が、何を好きこのんでわたくしの気を惹こうとなさるのでしょう。

ましてや、そのようなお方と関われば、世人から何と言われるか。好奇の目を向けられるのは火を見るよりも明らかでございます。何より、口さがない宮中の女房たちに、格好の話題の種とされることが、たまらなく腹立たしく思われたのです。

すぐさま、お断りの文をお返しいたしました。

けれども、光る君からはそれからも毎日のように文が送られて参りました。そのどれも心に響く、機知に富んだ歌ではございましたが、わたくしはもう返事を書こうとはしませんでした。

放っておけば、こんな気まぐれなお遊びなど、じきにお飽きになるでしょう。都には、若く美しく、光る君の関心を惹こうとしている女は数限りなくおります。色恋など、とうに棄ててしまったわたくしとは、所詮、無縁のお方でございます。

光る君が中庭に現れたのは、ひと月ばかりが過ぎ、またぞろ月が満ちた頃でございました。

「どうして、私の気持ちをわかってくださらないのですか」

御簾の向こうにその姿を見た時、わたくしは言葉を失いました。まさか、再びこのような無謀な真似をなさるとは思ってもおりませんでした。

「どれだけ文を送っても、あなたからは何の返事もない。私がどれほど毎日切ない思いで暮らしているか、この胸を切り裂いてお見せしたいくらいだ」

光る君が近づいて来ます。わたくしはようやくのことでお答えしました。

「どうぞ、わたくしのことは捨て置きください。わたくしはこのまま静かに暮らしてゆきたいのです。気まぐれに、心を乱すようなお振舞いはおやめくださいませ」

「そんな世捨て人のような悲しいことを仰らないでください。あなたは美しい。その高貴な姿は月も霞むほどです」

また一歩、光る君が近づきます。何という麗しいお姿。あの方は、人を惹きつけてやまぬ男の色香を纏っておいででした。

「どうか、私を信じてください」

その時の、心にわき立ったざわめきを何と言い表せばよいのでしょう。それは恐れにも似た面持ちでした。胸の中に閉じ込めて、とうに失くしたとばかり思っていたものに、再び命が吹き込まれたように感じられたのです。わたくしは顔を背けました。

「お帰りください。さもないと人を呼びます」

「それを覚悟で参りました。あなたへの気持ちに嘘はありません。あなたをひと目見て確信しました。あなたは私が探し求めていた人だと」

光る君の言葉はあまりに率直で、わたくしはどう返してよいのか、答えが見つかりませんでした。もう一歩、更に一歩、近づく光る君の姿に、まるで射られたように身動きできずにいたのです。

そしてとうとう、光る君は御簾を上げ、内に入って来られました。その指先がわたくしの手に触れた時の、あの痛いくらいの熱さ。その炎は瞬く間に全身を貫きました。気が付くと、わたくしは光る君に抱き寄せられておりました。唇が重なり、熱い吐息が吹き込まれました。

もう一度申し上げます。わたくしはもとより、あの方を受け入れるつもりなどございませんでした。

けれどもその時、わたくしはひしひしと気づかされておりました。初めて光る君と会った時から、誰でもない、このわたくし自身が、この瞬間をどれほど待ち焦がれていたかということを。


それから、光る君はわたくしの元にお通いになられるようになりました。

噂はすぐに広まりました。先の春宮妃と、今を時めく光る君、その取り合わせが格好の話題となるのはわかっておりました。

それでも構わず、光る君は毎夜のようにお訪ねくださいました。どのような時も、常に優しさに溢れ、細やかな気遣いをいただきました。

だからこそ、わたくしは決して我を失うようなのめり方はせぬよう、自分を戒めておりました。

おいでになる時は、常に唐衣《からぎぬ》、裳《も》を着用し、小袿《こうちぎ》・細長《ほそなが》といった褻《け》の衣でお迎えするようなことは決していたしませんでした。礼節を守ることで、愛しさに張り裂けそうになる心を鎮めていたのです。

まだ年若き光る君は、時折、わたくしを大層困らせました。もう夜が明けようというのに、お帰りのお支度をなさらないのです。まるで童のように、今日はずっと一緒にいたい、などと無理を申されるのです。嬉しさに心は躍りましたが、陽が高く昇ってからお帰ししては良識知らず、わたくしの恥となります。心冷たき女と思われても、わたくしはいつもお帰りを促しました。

また、お帰りの際の御見送りは女房に任せ、わたくしはいつも御格子《みごうし》の隙間からでございました。朝の陽射しの下、七歳も年下の光る君の前に、盛りを過ぎたこの顔をどうして晒せましょう。そんな時、光る君は落胆の表情を浮かべられましたが、わたくしは、何よりも、自分の姿に失望されることを恐れていたのでございます。

ただ、ひとつだけ、閨《ねや》を共にしてわかったことがございます。それは光る君にとって、わたくしが初めての女だったということです。

最初は信じられませんでした。宮中の女たちの注目を一身に浴びる光る君が、まだ女を知らぬなど、思ってもみなかったのです。もちろん、光る君はそのようなことは仰いませんでしたが、女にはわかるものでございます。

光る君の最初の女であったことは、わたくしにとって深い喜びとなりました。正妻の葵の上とまだ契りを交わされていないということも、はしたないと思いつつ、胸のすくような思いがいたしました。光る君がふと洩らされた「妻とは心が通わない」との言葉が空言ではなく、真実であったことが、わたくしをどれほど喜ばせてくれたでしょう。

わたくしは自分の悦びばかりでなく、少しずつ、光る君に女の扱いをお教えいたしました。もちろん、教えるなどと気づかれぬよう、さり気なくでございます。

当初、光る君は気持ちが逸る時がございました。性急さは女を興醒めさせてしまいます。まずは指と舌を使って、耳たぶや乳房を時間をかけて愛撫するよう、わたくしはうまく仕向けるようにいたしました。光る君はすぐに心得たようでした。

やがて、女の息が深くなり、身体は熱を帯びて参ります。そうなってようやく、裾に手を伸ばされますよう。女の答えは言葉にはありませぬ。すべてはホトの濡れ方にございます。ええ、そこがホト。まずホトから続く筋をゆるりと撫で上げてくださいませ。ほら、こつと固くなったものに触れましょう。ここはホトと並ぶ敏感なところでございます。それをたっぷりと転がせば、やがて女の口から喘ぎが漏れるでしょう。それが受け入れる用意が整った証でございます。さあ、ホトへ指を戻し、奥へと忍ばせませ。中指がよろしいかと。あまり強くかき回すようなことはなさいますな。ホトの奥は繊細です。心地よさと痛みとは紙一重。やがて指だけでなく、手のひらにまでとろとろと溢れるものがありましょう。それが、その時が来た証でございます。両足を割って、上にお乗りくださいませ。そして、ホトにマラをあてがい、ゆっくりと身体を沈み込ませるのです。まずは優しく、やがて烈しく。女がのけ反り、足の指がきゅうと内側に深く折り込まれた時、それが、精を放つ時でございます。

そして、もうひとつ、特別な詮術《せんすべ》をお教えいたしましょう。これは誰にも仰います な、わたくしとあなたの秘密でございます。ホトの奥に指を深く入れ、辿り着いた子壺には、もうひとつの口がございます。そこに指をあてがい、臀《しり》に向かって小さく震わせるのです。それはもう、身も心も宙に浮きあがるような、利福を女に味わわせることができましょう。

世には、生まれながらに女を虜にする才を持った男がおいでになるものです。まさしく光る君がそうでございました。ぎこちなさはすぐに消え、自信に漲り、気が付くと、わたくしの方が余裕をなくし、閨を共にするたび、意識が遠のくような快感に包まれるようになっておりました。

しかし、そんな蜜月が続いたのも、しばらくの間でございました。

だんだんと、光る君のおいでが間遠になりました。

宮中での仕事が忙しい、とのことでございましたが、わたくしは薄々感じておりました。新しい女の存在でございます。

わかっております。光る君はまだ若い。他の女に心惹かれるのは当然でございます。

そのようなことで騒ぎ立てるのは、わたくしの恥となります。毅然とした態度で、お待ち申し上げていればよいのです。

それがわかっていながら、夜、ひとりで眠りにつくと、いいようもない焦燥感に包まれました。

もし、新しい女に心を奪われて、このままお通いが途絶えてしまったら……。

わたくしは耐えることができるでしょうか。世間はきっと、あの六条が捨てられた、年上だから飽きられたのだ、と、嗤いましょう。それは死ぬほどの屈辱でございます。

こんな葛藤に悩まされるぐらいなら、いっそわたくしから別れを告げてしまおう、と、何度も考えました。けれども、その時のわたくしにそんな決心などつくはずもございませんでした。それほど、光る君への思いは深いものになっていたのです。

噂を耳にしたのは、それからしばらくのことでした。光る君のお相手は、夕顔《ゆうがお》という女でございました。

どんな女なのか、年はいくつなのか、由緒ある家柄の姫なのか、それとも市井の女なのか。

毎夜、わたくしは見知らぬ女を思い浮かべ、烈しい嫉妬に苦しまされておりました。

夢を見ていました。

夢の中で、わたくしは白鷺となっておりました。

夜空を羽ばたきながら、いったいどこへ飛んでゆくのか、自分でもわかりません。

気が付くと、見覚えのないお屋敷に辿り着いておりました。

眼下に、光る君の姿がございました。おひとりではありません。若い女が寄り添っております。わたくしは目を凝らしました。

ああ、この女が夕顔か。

すぐに察することができました。

やがて、ふたりは身体を重ね、衣を乱れさせて、まぐわい始めました。光る君の指が胸元に忍び込みます。夕顔は目を閉じ、唇を薄く開けて、歓びの表情を浮かべております。光る君の指が裾を割りました。夕顔はすすり泣くような声を上げます。その満ち足りた顔は、まるで勝ち誇っているかのように見えました。

その時、光る君があの秘儀を夕顔に使ったのでございます。夕顔の天にも昇る恍惚の表情が、はっきりとそれを語っておりました。

わたくしは怒りに震えました。光る君にそれを教えたのはわたくしでございます。その恍惚は、本来、わたくしのもの。それなのに、どうしてこの女がそれを受けているのでしょう。わたくしは許せませんでした。

怒りが狂飆《きょうひょう》のように湧き起こりました。


おまえなどに光る君を渡してなるものか。

わたくしは、烈々たる眼差しを女に向けました。

気配に気づいたのでしょう、夕顔が目を開きました。そして、恐怖におびえた顔でこちらを凝視したかと思うと、悲愴な叫び声を上げたのでございます。

その後のことは、よく覚えておりません。

目が覚めると、わたくしはいつものように夜具におり、外は朝の光に満ちておりました。

夕顔という女が死んだと聞かされたのは、その翌日のことでございます。

女房から聞かされた時、あの悪夢がすぐに思い出されました。後味の悪さと重なって、わたくしは戸惑いました。夕顔の死は、わたくしの夢と何か繋がりがあるのでしょうか。

いいえ、すべては夢。わたくしの夢の中での出来事でございます。

それからも、わたくしは毎夜、光る君のお越しをお待ちしておりました。しんしんと更けゆく夜の中、ひとりの褥《しとね》はひんやりと冷たく、深い沼底に横たわっているようでございました。胸が掻き毟られるような寂寞を、わたくしは必死に押しとどめておりました。

たまにお見えになられると、舞い立ちそうになりましたが、わたくしはそんな自分を恥じて、決して浮かれた素振りは見せぬように努めておりました。その自制があまりに強すぎて「まあ、まだわたくしを覚えておいででしたか」などと、つい心と裏腹な言葉が出てしまいます。

「ここのところ行事が立て込んでいたのだ。申し訳なく思っています」

そのような言い訳をされると、よりいっそう辛辣さが出てしまいます。

「どうぞ、大切なお仕事を優先なさいませ。わたくしを哀れなどと思われては心外でございます」

光る君は黙ってわたくしを見つめ、小さく息を吐き出されるばかりでした。

女はたとえどんなに心に蟠《わだかま》りがあろうと、男を優しく迎え入れるべきなのでございましょう。皮肉を口にしたり、素っ気ない態度をとるのは逆効果でございましょう。わたくしとてわかっております。けれども、世の中には、それが容易くできない女もいるのです。

わたくしは怖れておりました。何があろうと笑みを絶やさず、精いっぱいの愛嬌を振り撒いて、それでも尚、光る君の心が離れてしまったら……。

それを思うと身が竦むのです。だったら、疎まれる態度をとり、実際にその通り、疎まれた方がまだ自分を納得させられるではありませぬか。わたくしの自尊心が保たれるではありませぬか。


正妻・葵の上が懐妊されました。

その事実は、わたくしを打ちのめしました。「妻とは心が通わない」と、仰っていたではありませぬか。あれは嘘だったのでございましょうか。ふたりが打ち解け合い、まぐわい、子を成した。嫉妬のあまり、気が狂いそうになりました。

光る君のおいでは、いっそう遠のくようになりました。当然でございましょう。正妻が身ごもられたのです。今は御側にいらっしゃるのが夫の務め。何もわざわざ、辛辣な言葉ばかりを吐く年増女の許になど通いたくなるはずがありません。時折、文はくださりましたが、それもまた、おざなりなものでした。

いつしか、わたくしは疲れ果てておりました。わかっております。すべては身から出た錆。けれども、こうなった今も、光る君に恋焦がれ、執着する自分がいるのです。

光る君の匂い、あの指使い。それを思い出すだけで身体が熱くなるのです。抱かれたい、触れられたい、熱きマラでホトを満たして欲しい。わたくしは閨の中で何度も何度も寝返りを打たなければなりませんでした。

ああ、何と浅ましい女に成り果ててしまったのでしょう。こんなにも淫らな欲望に翻弄され、身悶えするなど、自分が忌まわしくてなりません。わたくしは、愛欲の奈落に堕ちてしまったのでしょうか。


賀茂《かも》の斎院の御禊《ごけい》に出掛けたのは、女房たちに勧められたからでした。ここのところ塞ぎがちなわたくしを気遣ってくれたのです。光る君が勅使にお立ちになるとのこと。お顔を見られるという思いも、確かにございました。わたくしは目立たぬよう、ひっそりと牛車を出したのでございます。

さすが御禊、町中はずいぶんと賑わっておりました。牛車も数多く並んでおりました。通りに車を立て、わたくしは簾の中におりました。

しばらくすると、何やら外で怒声が上がりました。

「何事かありましたか」

わたくしは女房に声を掛けました。

「実は、後から来た車が、強引に場所を寄越せと言っておるのです」

すぐに、従者たちの烈しい言い争いが聞こえて参りました。

「無礼者。この御車に誰がお乗りになっていると思っている。前《さき》の春宮妃、六条御息所さまであるぞ」

こちらの言明に、さすがに相手も声を失ったようでした。けれども、それも一瞬のこと、すぐさま大声を返してきたのです。

「六条さまだと、それがどうした。こちらは葵の上さまの御車である。前の春宮妃だろうが、今は妾の立場。源氏さまの北の方に場所を譲らないとはどのような了見だ」

「何をっ」

頭に血が昇った従者たちは、常軌を逸したかのように乱闘を始めました。牛は暴れ、車は揺れ、気づくと物見の戸がはずれてしまいました。わたくしは慌てて顔を隠しましたが、町の者の好奇の視線が集まるのを感じました。

「あれは六条御息所さまではないか。そして、あちらは葵の上さま。なるほど、正妻と妾との戦いというわけか」

その声が耳に届いた時の、わたくしの屈辱をお分かりいただけますでしょうか。前の春宮妃であったわたくしでございます。けれども今はただの妾に過ぎない、どころか光る君の数多き情人のひとりでしかないのです。その事実に今更ながら愕然といたしました。

また、下々の者たちに姿を見られてしまったという不名誉も重なり、あまりのみじめさに、わたくしは血が滲むほど唇を嚙み締め、光る君の姿を認めながらも慌ただしくその場を後にしたのでございます。

葵の上が床に臥されていると耳にしたのは、それからすぐのことでございます。物の怪にとり憑かれ、大層お苦しみとのこと。産み月も近く、僧侶たちの必死の祈禱にも拘わらず、容態は悪くなる一方のようでございました。

「わたくしもご回復の祈願をいたしましょう」

と、仏前で手を合わせながらも、心は千々に乱れておりました。

わたくしが白鷺となる夢を見ることは、前にもお話しいたしました。今もその夢は続いております。けれども、気づくと、わたくしは白鷺ではなく、醜悪な怪鳥《けちょう》となっているのです。そうして、葵の上の住む屋敷へと向かい、横たわるその姿を見下ろしているのです。

怪鳥は呪詛のように繰り返します。

この女に、光る君を渡してなるものか。

子など産ませてなるものか。


何とおぞましい夢でございましょう。

目が覚めるたび、わたくしは恐怖に包まれました。夢というには、あまりにも鮮明なのでございます。葵の上の夜着、髪の流れ、震える睫毛までが手に取るように見えるのです。

やがて、その夢を夜も昼もなく見るようになりました。わたくしは、眠るのが怖くてなりませんでした。疲れても横にならず、夜が更けても寝具の上で座って過ごしたのでございます。

けれども、どれだけ我慢をしても意識が遠のく瞬間があり、その時は必ず、怪鳥となって葵の上を見つめているのです。もはや、自分の意志ではどうすることもできませんでした。


やがて、葵の上は苦しみの中、若君をお産みになりました。

光る君にとって正妻との御子。その御喜びようはわたくしの元にも伝わって参りました。わたくしは早速、お祝いの品選びにあれこれと心を砕きました。そうでもしないと、心の奥に蠢《うごめ》く邪悪な思いにねじ伏せられてしまいそうだったのです。

憎い、憎い、憎い。

この女が憎い。

光る君の子をなした、葵の上が憎い。


気が付くと、その夜もまた、わたくしは怪鳥となって、葵の上を見下ろしておりました。醜悪な姿は、まるで憎しみそのものが形となったようでございました。

葵の上の傍らには、光る君の姿がありました。葵の上の手を握り、必死に声を掛けておいでです。辺りは僧侶たちの念仏と、魔除けの強い芥子の匂いに包まれておりました。

その時、ふっと、光る君が顔を上げたのです。その目は、真っ直ぐこちらに向けられました。

そして、光る君の唇がこう動くのを、わたくしははっきりと見たのでございます。

「六条……」

いいえ、違います。怪鳥はわたくしではありません。何を仰っているのです。決してそうではありません。

けれども、わたくしの思いとは係わりなく、怪鳥は羽を大きく広げ、葵の上に覆い被さりました。

葵の上の顔が歪み、息も絶え絶えとなりました。悶え苦しむ声が耳元に聞こえてまいります。

最後、葵の上は力ない叫び声を上げられました。

その声で、わたくしは目覚め、はっと身体を起こしました。

また怖い夢を見てしまった、と、身を竦めました。そしてその時、気づいたのです。

身体に立ち込める匂いに。魔除けに焚く、あの強い芥子の匂いに。

ああ、何ということでございましょう。

夢ではなかったのです。わたくしはようやく悟りました。あの怪鳥は、やはりわたくしだったのです。

なんてことを……、わたくしはなんて恐ろしいことを……。

絶望のあまり、わたくしは崩れ落ちました。

葵の上がお亡くなりになったとの報せを受けたのは、その朝のことでございました。

娘、秋好《あきこのむ》が伊勢の斎宮につく話は以前から持ち上がっておりました。それがとうとう本決まりとなりました。一緒に伊勢に参ろう、その決心はすぐにつきました。

余生は神仏に捧げて生きましょう。

そうすることでしか、自分の罪を償えないと思ったのです。同時に、光る君への執着から逃れられる最後の術とも思い至りました。わたくしにとって、そうすることが懺悔であり、たったひとつの救いであるに違いないと思えたのです。

旅立ちの知らせを聞いて、光る君が訪ねておいでになりました。

どうしてお会いできましょうか。夕顔ばかりでなく、葵の上をも呪い殺したのは、このわたくしです。お引き取り下さるよう、女房に言い付けました。会えば、きっと心が乱れてしまう。愛しさに胸が押し潰れそうになるのを必死に堪え、わたくしはひとり庭に出ました。

空に満月が浮かんでおりました。光る君と初めてお会いしたあの時と同じように、神々しいほどの輝きでした。

その時、ひとつの影が近づいて参りました。

「あなたはやはり白鷺の精なのですね」

はっといたしました。お帰りになったとばかり思っていた光る君が、そこに佇んでおいでででした。

「いいえ、わたくしは醜い怪鳥です。御存じでございましょう」

責められるのは当然でございます。とうに覚悟はついておりました。

「どうぞ、お手討ちくださいませ。そうされて仕方のない、忌まわしい身でございます」

「いいえ、あなたの心は美しい。あなたもまた、怪鳥にとり憑かれたのだ。こうなってしまったのは、すべて私のせいです」

わたくしは思わず光る君を見返しました。

「何を仰います」

「私はあなたの気高さを傷つけてしまった。あなたの強い愛に応えることができなかった。それは私が弱かったからです。私がもっと強ければ、あなたをあのような物の怪から守れたはずだ」

「そうではありませぬ。わたくしはわたくしに負けたのです。あなたへの思いに我を失い、邪悪なものに姿を変えてしまったのです」

光る君は責めるようなことは一切仰いませんでした。

「ここで初めてあなたと会った時のことをよく覚えています。あの時の気持ちに嘘はありません」

「わかっております。そのお言葉だけでこれから生きて参れます」

気が付くと、涙が頬をはらはらと零れ落ちておりました。光る君はわたくしに眼差しを向けられました。

「あなたの涙を初めて見た」

わたくしは袂で顔を隠しました。

「どうして、もっと早く心を開かなかったのでしょう。それが悔やまれてなりません。すべては、わたくしのつまらぬ意地が招いた結果でございます……」

「本当に伊勢に参られるのですか」

「はい」

「他に道は……」

わたくしは小さく首を振りました。それ以上、光る君の言葉を聞けば、ようやくつけた決心が鈍ってしまうように思われました。

「それが、わたくしに残された唯一の道でございます。さあ、もうお帰りくださいませ。月が足元を照らしているうちに」

「六条……」

「さあ」

光る君が背を向けました。その姿が少しずつ小さくなってまいります。やがて闇の中に消え去ってしまわれても、わたくしは流れる涙を拭おうともせず、いつまでもいつまでも見送っておりました。


その後、わたくしは娘と共に伊勢に旅立ちました。そうして神仏に仕える日々を過ごしたのでございます。

ようやく、心に平穏が訪れたと思われたことでございましょう。わたくしも、それを信じておりました。

けれども、そうではなかったのです。

どれだけ神仏にすがろうと、遠く離れていようと、嫉妬は鎮まることはありませんでした。

わたくしの心に棲む怪鳥は生き続けていたのです。夕顔、葵の上だけではとどまらず、光る君が愛する女たちにまとわりつき続けていたのです。

何という因果でございましょうか。

その執念はわたくしが病に倒れても、それどころか命を断たれても、とどまることはありませんでした。

怪鳥に化身し、光の君に関わる女たちを見つめ続けていたのです。藤壺中宮《ふじつぼのちゅうぐう》、紫《むらさき》の上《うえ》、明石《あかし》の方《かた》にはその奥ゆかしさに。いいえ、そこに見え隠れする抜け目のなさに。花散里《はなちるさと》、女三宮《おんなさんのみや》、空蝉《うつせみ》にはその麗しさに。いいえ、女を武器にする鼻持ちならなさに。末摘花《すえつむはな》、源典侍《げんのないしのすけ》には、その思い上がりと臆面のなさに。朧月《おぼろづき》夜《よ》、朝顔《あさがお》の斎院には、そのかよわきふりをするしたたかさに。あろうことか我が娘、秋好にまで、いつか光る君が心を寄せるのではないかと心を乱されました。

本当の安らかさを手に入れたのは、光る君の御命が尽きた時でございます。すでに、おぐしには白いものが見られ、初めてお会いした頃のまばゆき若さも失っておいででした。

もう、光る君は彼岸に旅立たれた。もう、光る君を誰にも取られない。

それを知った時、わたくしの心は凪《なぎ》のような静けさに満ち、そして、心に棲む怪鳥もようやく羽を下ろし、死んだのでございます。

恋とは、なんと錯雑《さくざつ》としたものでございましょう。

ただ、光る君を愛しただけ、ただそれだけですのに、気が付くと、わたくしは迷宮に足を踏み入れておりました。

恋が、わたくしを狂わせたのでしょうか。

わたくしが、恋を狂わせたのでしょうか。
今も、答えを見つけることができずにいるのでございます。

本書は以下の作品を下敷きにしました。

「牡丹燈籠」三遊亭圓朝
「番町皿屋敷」岡本綺堂
「蛇性の婬」上田秋成
「怪猫伝」鍋島藩化猫騒動
「ろくろ首」小泉八雲
「四谷怪談」鶴屋南北
「山姥」民話
「源氏物語」紫式部

初出

「小説新潮」二〇一二年八月号、二〇一三年一月号、四月号、十月号、二〇一四年一月号、五月号、八月号、「オール讀物」二〇一二年十月号に掲載された短編を改題し、加筆修正しました。

逢魔《おうま》

二〇一四年一一月二五日　発　行

著　者／唯川恵《ゆいかわけい》
発行者／佐藤隆信
発行所／株式会社新潮社
東京都新宿区矢来町七一
郵便番号一六二―八七一一
電話　編集部(03)三二六六―五四一一
　　　読者係(03)三二六六―五一一一
http://www.shinchosha.co.jp
印刷所　大日本印刷株式会社
製本所　大口製本印刷株式会社
乱丁・落丁本は、ご面倒ですが小社読者係宛お送り下さい。送料小社負担にてお取替えいたします。

ISBN978-4-10-446906-2　C0093
価格はカバーに表示してあります。